제17시집

최 진연 서정시집

2019

좋은글배달부

시인의 말

나는 어느 새 여든 살이 되었다. 시력詩歷은 동인지에 작품발표를 시작한 1967년을 기준으로 53년째가 된다. 2년간 어린이잡지 <새벗>을 복간, 편집장 일을 한 것을 제외하면, 짧지 않은 세월을 시인, 교사, 목사란 명예로운 이름으로 살아왔다. 만복의 근원이신 하나님께서 지금까지 기쁨과 감사가 가득한 가운데 건강하게 살도록 늘 함께하심에 뜨거운 감사를 올려드린다.

하나님께서 문학을 통해 영광을 받으시려고 내게 주신 큰 꿈을 친히 이루시기까지 주님의 도구로서 나는 그분의 지혜와 능력으로 글쓰기에 최선을 다할 것이다.

'나의 작품을 말한다.'는 글로 발표했듯이 나는 시인으로서 다양한 시적 실험을 추구해왔다. 그러나 실험 시와 좋은 시는 거의 무관한 듯하다. 나는, 좋은 시란 시가 갖는 사상성思想性과 그것을 이미지로 형상화한 회화성繪畵性, 그것들을 음악적 미감을 살려 배치하는 음악성音樂性이 조화를 이룬 작품이라고 본다. 이것을 도식화圖式化하면, 위의 세 요소를 정삼각형의 세 꼭짓점에 하나씩 놓았을 때 그 등거리의 중심에 놓인 자품이 좋은 시라 생각해왔다. 이것이 나의 시론이다.

수록된 시편들은 대체로 위에 말한 '좋은 시'의 잣대를 통과한 작품이라 하겠다. 금년도의 신작 시집을 포함한 시집 17권에서 뽑은 1백 편의 서정시집이다. 비슷한 수준임에도 선외가 된 많은 작품들에게 못할 일을 한듯해서 미안하고 안타까운 마음 금할 길 없다.

이 시집에 이어서 신앙시집을 출간할 생각이어서 이 시집에는 신앙적인 서정시는 맛보기로 몇 편만 실었다. 그 시편들도 그 사상이나 정서가 사물화事物化 되어서 일반 독자들에겐 한두 작품 외에는 여느 서정시와 전혀 다름이 없다고 여겨질 것이다.

나는, 많은 사람들이 이 시집을 읽음으로써 정신적 정서적으로 한층 더 아름답고 고결해지기를 바란다.

2019. 6. 10

최 진 연

시집 목차

제1부
자연 서정自然 抒情

시집 목차

시집 목차

제2부
추상 서정抽象 抒情

시집 목차

제3부
생활 서정生活 抒情

시집 목차

제4부
작품평설

제1부
자연 서정

가슴 옹달샘

파란 하늘을
가만히 우러러보노라면
어느 새 가슴은
하늘물이 괴는 옹달샘이 됩니다.
새벽이슬같이 맑고
파란 하늘물이 고여 넘치는
다람쥐가 쪼르르 달려와 마시고
산새들은 몇 마리씩
날개를 파닥거리며 멱도 감는
숲속 옹달샘 같은
가슴은 옹달샘이 됩니다.
누구나 파란 하늘 우러르노라면
맑고 파란 하늘물이
고여 넘치는 가슴 옹달샘에서
영혼의 골짝을 반짝반짝
쫄쫄쫄 노래하며
흘러내리게 됩니다.

이사 간 새들에게

오, 엄마와 다섯 아기 새들아
내가 부주의해서 정말 미안해.
너희에 대한 사랑의 관심이
너희에게 두려움이 될 줄 몰랐어.
발가숭이 너희들을 엄마가
한 마리씩 입으로 물어 날라서
그 어두운 밤에 어디론가
이사 가게 할 줄 전혀 생각 못했어.
너희의 그 탈출은 유대인들의
이집트 탈출만큼 힘들었을 거야.
오늘도 너희 빈 둥지를 바라보며
기도하듯이 마음속으로 사죄했어.
너희에 대한 사랑의 관심이
두려움이 되어 이사 가게 할 줄을
오, 엄마와 다섯 아기 새들아
꿈에도 생각 못했어, 정말 미안해.

꽃을 보세요

기쁨의 향낭
꽃을 바라보세요.
그대 마음이 꽃 향낭처럼
아름다움과 향기로 채워질 게요.
손수 가꿔서 피워낸 꽃이라면 더욱
그 꽃송이들 모두가 방긋방긋 웃으며
날마다 기쁘고 행복하게 해줄 게요.
꽃을 길러본 사람이면 알겠지만
생명 가꾸기는 신의 일이란
속에서 들려오는 속삭임
놀라운 기쁨의 향낭
꽃을 바라보세요.

산 그림 구경

보이지 않는 누군가 하늘을 배경으로 커다란 산 그
림을 그리고 있다. 처음엔 거뭇한 선들로 밑그림을
그린 위에 연두색을 아주 흐릿하게 칠하더니 하늘을
조금씩 밀어 올리면서 산봉우리 선을 점점 더 뚜렷
하고 부드럽게 하루가 다르게 칠하고 있다.

겨울 그림을 그리는 이는 새파란 솔숲도 하얗게 칠
하고 빨간 페인트칠을 한 양기와지붕도 새하얗게 칠
하더니 이 봄을 그리는 이는 밑그림 위에 밝은 연두
연분홍으로 칠하기 시작하여 산의 알통 같은 나무들
도 붕긋붕긋 조금씩 진하게 그려가고 있다.

死者들의 동네라는 용인에 살아 살면서 먼 광교산과
인근 야산들을 원근법으로 보는 내 즐거움도 물오르
는 쥐똥나무 겉껍질에 내비친 연두색으로 시작하여
산색처럼 점점 짙게 색칠되고, 누가 내 심장에서 펌
프질로 연두색 피를 온 몸에 보내고 있다.

대지의 저울판에 올라

참 오랜만에 쳐다보는 하늘
대지의 저울판에 올라
체중을 달아본다.
카펫보다 부드러운 폭신함
발걸음마다 찍히는
체중의 눈금
삽상한 숲의 공기 속으로
빠져 나가는 내공內空만큼
도시의 지방질은 가벼워지고,
볼 수 있는 눈만 있다면
떨어지는 바늘의
눈금 수치도 보이리라.
살랑살랑 꽃잎처럼
날려가는 콘크리트 빌딩들,
붕붕 소리 내며 들끓는 햇살에
달아오르는 기류
민들레 씨앗보다 가볍게
기류를 타고 날아오르는 도시,
배추흰나비 날개에 실려
날아가는 도시가
볼 수 있는 눈에는 보이리라.

숲의 나라 시인들

아직도 겨울잠을 자고 있는 나무숲
진달래꽃은 숲의 나라 시인인가 봅니다.
한층 따뜻해진 햇살, 산새들의 요란한 지저귐
봄의 발자국소리들을 온 몸으로 듣고
긴긴 겨울잠에서 가장 먼저 깨어난 진달래,
나뭇가지마다 아기젖꼭지만한 꽃망울 맺혔더니
달팽이걸음보다 느리게 부풀어 올라
몽당붓끝같이 도톰히 내민 정수리부터 조금씩
조심조심 겨울외투를 벗고 있는 꽃망울들
나무들이 아직도 코고는 합창소리 같은
찬 바람소리를 들으면서도 그 꽃망울들은
문을 발쪽이 열고 밖을 내다보는 옛 처녀들처럼
수줍어 수줍어도 가슴 부푼 설렘으로
세상이 보고 싶어 문을 점점 더 크게 열고
보름쯤 지나 분홍 얼굴을 드러내더니
드디어 세상 밖으로 나오는 화사한 진달래꽃들
아직도 겨울잠에 빠져 있는 숲의 나라에서
진달래꽃들은 가장 먼저 전신으로
봄을 느끼고 표현하는 시인들인가 봅니다.

목련을 보며

검푸른 외투를 벗고 아지랑이 속에 꿈꾸듯 서 있는
저 둘레의 푸릇한 나무들 귀에는 지금도
굶주린 이리 떼 이빨 같은 겨울의 포효가 들릴까?

쌓이고 쌓인 침묵들이 어둠을 찢고 터져 나온
환희의 함성
또 하나의 나이테를 완성하는 저들의 제의와 축제
폭우, 폭염, 눈보라의 넋들이 빠져 있는 꿀샘
가슴이 부풀어 오른 사랑의 형상
모든 신부들의 단 한 벌 드레스의 원형을 보는가.

끊임없이 타고 오르는 물방울들의 투명한 물관
뽀얀 창문 밖으로
이제야 연둣빛이 어리고 있는 나무들을 내다보는
시인
소녀들이 수밀도水蜜桃의 얼굴로 늘어선 환상幻像
한 점 부끄러움 없이 살다가 떠나가는
한 편의 시 같은 생애를 보라.

사월은 축제의 달

개나리 진달래 목련 등 꽃나무들은
늙은 겨울의 긴 손톱에서 이는 꽃샘바람과
흩날리는 눈발도 두려워하지 않으며
몸을 뒤흔들리면서 꽃들을 피워서
겨울을 몰아낸 축제를 즐긴다.
곳곳마다 계절의 여왕 봄을 환영하는
벚꽃 살구꽃 배꽃 복숭아꽃 밀감나무꽃
철쭉꽃 라일락꽃 꽃망울 터뜨리는
축포 소리 팡, 팡 요란하다.
햇살이 나날이 더 따끈따끈해지는 길가
냉이꽃 민들레꽃 씀바귀꽃 제비꽃
이슬비 발자국소리 같은
풀꽃들의 환호성도 시인의 귀를 울린다.
나비들 벌들도 좋아서 춤을 추는
사월은 환희의 꽃들로 가득한 축제의 달
영광의 나팔을 불어 올리는 꽃들처럼
나도 하늘 향해 봄노래들을 목청껏 부르며
세상 가득한 생명의 축제를 즐긴다.

고목

벌레들이 늙은 나무의 속을 파먹고 있어.
청진기를 대고 들어봐, 저 소리
봄 햇살의 비명 소리.

봄바람과 겨울 풍설風雪 사이
오색딱따구리도 보이고
짙은 녹색 나뭇잎들로 도배한 하늘도 보여.

벌레들의 까만 똥으로 떨어지는 시간과
딱따구리 뱃속으로 들어간 공간
그 구멍으로 내다봐.

수수깡 안경을 쓰고 에헴, 에헴 하는 아이들은
바람개비를 돌리지만
가슴을 쿵쿵 울리는 기침 소리도 들어봐.

산에서는

산꽃 고운 산에서는
사람을 만나도
한 송이 꽃으로 만나고

우거진 나무숲 속에서는
한 그루 푸른
나무로 만나네.

링거를 꽂지 않아도
산에 들면 모두가
산색으로 물이 들고

옹달샘 하늘을 마시면
가슴이 맑고 파란
하늘 사람

산에서는
저마다 산이 되네.
침묵으로 말하는 산이 되네.

풀꽃들의 축제

방긋거리는 아기 같은 풀꽃들을 보세요.
애기똥풀꽃이 애기똥처럼 샛노랗게
이름 모를 풀꽃들은 그들대로
누가 이름 불러주지 않아도 저마다 색색이
저마다의 생김으로 꽃피우는 걸 보세요.
지난겨울은 피난시절 토굴 속 여름보다 길었다는
내 불평의 입술을 다물게 하는 꽃들,
누리끼리한 질경이꽃 한 자루가 수놓고 있는 오늘
개도 개똥도 그리운 이 도시 복판에서
아기 웃음처럼 피어나는 풀꽃들
이 화창한 봄날 허리 굽히고 가까이 앉아서
이름도 예쁜 애기똥풀꽃을 보세요.
어떤 옷의 레이스보다 아름답게
참외씨 같은 연보랏빛 꽃잎들이 가지런히
꽃술 테를 두른 개망초꽃 앞에서
돌 같은 마음이 꽃잎처럼 되는 환희의 아침
풀꽃들의 축제에 함께 해 보세요.
뭐라 이름 불러주지 않아도 방긋거리며
반짝이는 눈으로 말하는 아기들처럼
저마다 형형색색으로 벌이는 축제에 와서
신비에 눈뜨게 하는 풀꽃들을 보세요.

청산에게

청산아
어디를 가느냐.
구름 따라 우줄우줄
어딜 가느냐.
저만큼 앞서 가는
구름을 싣고
네 그림자도 싣고
강물이 가니
구름 가고 강물이 가니
너도 가느냐.
가는 듯 고쳐 오는
늙음을 모르는 청산아
구름처럼 강물처럼
내가사 가는 인생
청산아
게 섰거라
어딜 가느냐.
구름 따라 우줄우줄
어딜 가느냐.

꽃 속의 잠

꽃을 보고 있노라면
꽃 속에 들어가
깜빡 잠들어버리는 나비가 된다.

날아가는 새를 보노라면
등에 사뿐 올라앉아
손사래 하며
먼 길 떠나가는 나도 보이고

아이들 눈동자를 들여다보고 있노라면
천만 개 이슬방울 겹겹
그 속으로 들어가
물장구치며 노는 아이가 된다.

반디, 초록별에게

개똥벌레라니, 네 별명은 좀 퀴퀴하구나.
어둠속에서 초록빛을 반짝이면서
밤의 흑공단에 수를 놓듯이 황홀경에 빠져 춤추는
환상적인 춤꾼을 개똥벌레라니
처음 그렇게 부른 사람은 아마 심술쟁이
개똥같은 사람일 거야.
여름 밤하늘에 반짝이는 작은 초록별 같은
반디여, 너는 예나 이제나 어둠속에서 반짝, 반짝
빛을 반짝이면서 날아다니는 초록별
그래, 내 이제부터 너를 초록별이라 부르마.
어둠속에 살면서 어둠이기를 거부하고
자기존재를 밝히는 생명의 빛,
네게 빛이 없었다면 그저 먹장 같은 어둠
밤의 일부일 뿐이었을
너를 누가 날아다니는 생명존재로 알아보겠느냐.
들판을 무대로 춤추는 너를 바라보며
서늘해지는 밤 은하수가 기울도록 사랑을 속삭이는
우리를 황홀하게 해주던 초록별이여
네게 반짝이는 빛이 없다면
무엇으로 네 짝을 찾아 춤추며 그 흑공단 밤을

사랑의 초록색실로 수놓을 수 있겠느냐.
지금도 덕유산자락 민박집에서 바라보는 골짝
벼들이 잠든 들판을 무대로
황홀경에 빠진 춤꾼, 너처럼 어둠에서 빛을 반짝이
는
시인은 희망을 노래하는 초록별이라 생각하니
춤추는 너를 바라보며
사랑이 내 곁에 앉아 희망을 속삭이던
그 여름밤만 같구나.
이곳 사과라면 씻지 않고 먹을 수 있게 해주는
너는 멀리 있어도 가장 가까운 생명의 이웃
우리를 어둠 속에서 황홀경에 빠뜨리는 우아한 춤꾼
반디여, 내 이제부터 너를
생명의 빛, 춤추는 작은 별, 초록별이라 부르마.

혼례 날의 신부

뜰을 환히 밝히고 서 있는 등불
만개한 목련꽃 한 그루
어여쁘고 아름다워라.
연지곤지 찍고 분을 발라서
저리 아름답고 어여쁠 수 있을까.
가슴 속 사랑의 샘에서
솟아올라 넘치는 황홀한 기쁨의 빛
신랑을 쳐다보는 저 눈빛을 보라.
당신은 나의 웃음, 희망과 생명
내 존재의미의 전부라고 속삭이는
저 눈빛에 담긴 언어들을 보라.
신랑은 또 얼마나 준수한지
그 모든 속삭임의 맹세를 받으며
신부를 바라보는 미소 띤 모습
목숨 바쳐 영원히 너를 사랑하겠다는
신랑, 그밖에 무엇이 더 필요하랴.
화장으로 반짝일 수 없는 빛
사랑의 샘에서 넘치는 기쁨의 빛
뜰을 환히 밝히고 서 있는
만개한 한 그루 목련꽃 신부를 본다.

눈 쌓이는 밤

운달산 김용사
만 리 밖의 종소리
투병의 나날 갈잎은 지고
잠든 바람을 묻으며
눈 쌓이는 밤
연시 두엇 내오는
千古의 木쟁반빛 인정
발자국도 묻히고
산골짝보다 깊어가는 밤
촛불 깜박이는 휘휘한 객방
솔가지 찢어지는 소리
눈 속에 묻히는데
삶은 무엇이고
죽음은 무엇인지
각혈보다 진한 절망에
병통보다 아픈 물음
밖에는 밤새도록
눈이 쌓이는데
스님도 대불도 대답이 없는
운달산 김용사
만 리 밖의 종소리

그 집의 겨울

엄동에도 그 집에는
치자 열매가 익고 있었다.
두꺼운 흙벽을 뿌옇게 허물다가
북서풍의 날은 뭉개지고
바람소리에 문을 열면
헐벗은 산 하나가
덜덜 떨고 서 있었다.
뉘 집 신선로보다 뜨겁게
된장찌개가 끓고 있는
숯불 화롯가에서 그 집 아이들은
할머니 이야기 속에 파묻혀서
별순이 달순이처럼
잘 굽히고 있었다.
끝내 흙벽 한 겹 허물지 못한 채
하늘 한 자락만 찢어서
대추나무 꼭대기에 걸고 펄럭이다가
뒤껼에 쓰러져 얼고 있는
장승같은 바람을
광창光窓 불빛이 훤히 비춰 보이고.
한 쉰 마름쯤의 이엉으로
납일臘日 추위에

동상한 지붕을 감고
쓰러져 얼고 있는 바람도 덮으면서
찢어진 하늘 틈으로
그 집 아이들 몰래몰래
눈이 내리고 있었다.

새하얀 그림

새하얀 눈이
그림을 그려요

골목 터 강아지 똥
과자봉지 쓰레기들은
다 빼놓고서

까만 장독을 하얗게
빨간 지붕도 새하얗게

새하얀 그림 속엔
뒤뚱거리는 오뚝이들
밀짚모자 허수아비도 한둘

난쟁이가 된 집들은 다소곳이
무슨 생각에 잠겨 있는지
전봇대만 우두커니 하늘 쳐다보는

눈이 그림을 그려요
푸른 솔숲도 새하얗게
색칠도 할 줄 모르면서

어느 겨울밤

우리 언제 한번 이처럼 감미로운 시간을 가져봤소.
낮에 들을 수 없던 강물소리가 들리는 이 밤
모래알들이 들여다보이는 물속 같은 의식의 이 시간
당신과 속삭이는 보석의 언어들
그 사랑의 물고기들이 비늘을 반짝이며
풀려난 야생조가 창공을 날듯이 헤엄치는 걸 보세요.
겨울이면 언제나 옷을 있는 대로 껴입고 살아온
우리의 집안 온도는 지금 $22^{\circ}C$
단열이 되지 않는 집에 사는 사람들은
우리보다 갑절의 난방비로도 떨고 있을 이 밤
언제 우리 이리 따뜻한 겨울밤에 마주보며
행복이란 달콤한 과일을 즐기면서 미소를 나눠봤소.
사치와 낭비는 아사자들과 신 앞에서 죄임에
두 번 소변에 한번 물을 내린다는
어느 작고한 재벌총수처럼 절약정신이 몸에 밴 우리
감사의 불꽃이 너울거리는 창문으로 들여다보며
하나 된 서로의 사랑을 확인하는 기쁨으로
건너편 산 나무들이 덜덜 떨며 부러워하는 이 시간
하늘이 내린 이 작은 궁전에서 함께 웃으며
이 감미로운 겨울밤을 보내는 게 얼마나 감사하오.

내 사랑이 찾아온 뒤에야

내 사랑이 처음 찾아왔을 때
연못 한가운데 돌 한 덩이 던진 듯이
가슴속에서 온 몸으로 퍼져나가는
저릿저릿한 열기를 느꼈습니다.
태양은 아이들 그림에서처럼 머리 위에
금빛 가루를 뿌려대고, 새들은
축가를 부르며 내 위를 날아다녔습니다.
새 푸른 무도복으로 갈아입은 듯이
제자리에서도 너풀너풀 춤추는 나무들
모든 것이 새 얼굴로 다가왔습니다.
사랑이 내 귀를 열어준 뒤에야
길가 앉은뱅이 꽃들의 하소연이 들리고
오글거리는 햇살 같은 콩따지 꽃들의
바람이 놓친 밀어도 들려왔습니다.
사랑이 내 눈을 뜨게 해준 뒤에야
아득한 풀밭 가득히 맺힌 새벽이슬 같은
별들이 소곤대는 희망의 눈빛을 보았고
질경이 꽃의 눈물도 눈치 채게 되었습니다.
풀잎들이 왜 풀잎 색깔로 빛나며
바다를 깔고 누운 고등어
그 흰 살이 어찌 그리 맛있고

바다의 어족은 어찌 그리 풍성한지,
밤하늘 가득 몰려나온 별들은 왜 모두
나를 향해 반짝이고 있는지
사랑이 찾아와 가르쳐 주었습니다.
안개비 걷히고 드러나는 靑山처럼
옷 벗고 다가오는 만물들을
사랑이 찾아온 뒤에야
뜨거운 가슴으로 안을 수 있었습니다.

팔당호

가끔 팔당 쪽으로 나가 보라.
벌렁 누워 하늘을 유혹하는 호수
아득한 저쪽 안개 휘장 가리고
은밀히 배를 붙이는
그들의 정사야 볼 수 없어도
한 주 분의 매연을 토해내면서
막히는 숨통을 트기 위해서
가끔은 저 호수의 관능에 빠져 보라.
오늘같이 우중충히 비인 듯 안개인 듯
호수보다 깊은 스모그 속에
남산 꼭대기까지 잠겨버리는 서울
우리의 가슴이 우수로 젖는 날
신비한 귀를 달고 나가 보라.
수면 가득히 성에 낀 어스름 속
수런거리는 호수의 말을 들으면서
강 건너 어슴푸레한 동화의 나라
이마에 불을 단 장난감 기차가
보물을 싣고 어디로 떠나는지
기적 소리에 실려 가는 꿈도 보러
소음과 매연의 늪을 헤치고
가끔 팔당 쪽으로 나가 보라.

제주도 이미지

가마 밥솥을 긁는 어머니의 대합껍데기와
성산포 해맞이 아침이 생각난다.
시원한 소낙비에 동동 떠나가는 물방울 가마와
태양이 아이스크림처럼 녹아내리는 해파리들의 정오
저녁에는 용 한 마리가 등천하는 서쪽 하늘과
한라 산록에 풀을 뜯는 조랑말들의 평화
동굴 속에서 밀회하는 비바리들
용암만큼이나 뜨거운 방언들이 떠오른다.
언제나 전복 속껍데기처럼 영롱한 환상을 잡는
갸름한 접시 안테나, 또는 어디서나
바다가 보이는 안락하고 우아한 침실의
허벅살에 검푸른 관능의 사마귀가 돋아 있는
풍만한 여인이 생각난다.
플랑크톤을 먹은 내장이 들여다뵈는 물벼룩들
저들을 먹은 옥돔들이 유영하는 바다 위에
백록담만한 활엽수 한 장이 떨어져
출렁이는 게 보이고,
물질하는 여인들의 휘파람 소리와
남태평양을 향해 손을 흔드는 야자수들과
어디서나 만나는 정다운 우리 이웃
얼금배기 돌하루방의 아기웃음이 떠오른다.

꽃집

빌딩의 숲 속에서
뜻밖에 만난 작은 꽃집
그 자체가 한 송이 꽃이었네.
빨간 장미꽃과 백합꽃의 순결이
소곤대는 아가씨들의 미소를 받으며
신부의 부케로 뽑혀 나가고
아직 눈뜨지 못한 분홍 장미꽃들
안개꽃들의 몽롱한 꿈속에
소녀의 수줍음으로 남아 있었네.
금박 물린 붉은 리본을 늘어뜨린
삼층의 크고 화려한 꽃꽂이는
입을 헤벌린 채 어디론지 실려 가고.
30대 중년의 가게 아줌마 같은
희고 부드러운 살결의 국화들
일부는 검은 리본을 맨
한 바구니의 슬픔으로 꽂혀서
찾아갈 주인을 기다리고 있었네.
꼿꼿한 기상을 펼쳐 든 소철들과
잎을 번들거리는 공작종려 몇 그루
긴 목을 뽑고 창밖을 내다보는
창백한 칼라 꽃들.

몇 개의 분재들도 지루해서
몸을 비비 꼬고 앉았는데, 한 청년이
회복된 혈색의 얼굴을 눈빛으로 그리면서
진홍 장미랑 나리꽃 한 다발 사 들고
콧노래 부르며 병원 쪽으로 뛰어가는
꽃집은 숲 속에서 만난 한 송이 꽃
웃음과 눈물로 이슬 젖어 있었네.

정자나무가 있는 풍경

마을 앞 커다란 정자나무 한 그루가 넓은 들판을 여백
으로 거느린 그림 속의 한낮, 나무 둘레를 솜사탕처럼
둘둘 감고 아침나절 잠들었던 바람이 내려와 들판을
스케치북으로 구불구불 줄긋기를 하며 놀고 있었다.
서늘한 산그늘에 열기를 빼앗기고 떨어지는 햇살을 뭉
기며 흰 연기가 피어오르는 건너편에서 콩서리 냄새가
바람을 타고 날아와 미세하고 부드러운 살갗을 가진
벌레처럼 콧속을 간질이고
그때 검정 크레파스처럼 바람보다 진하고 굵게 줄을
그으며 기차가 천천히 지나갈 때 바람은 기가 질려 허
수아비 곁에 건널목 앞 사람들처럼 멈춰 서 있었다.
정자나무 밑 아이들도 놀이를 멈추고 기차가 지나갈
때까지 코스모스 꽃들처럼 손을 흔들고, 차창 안에서
도 꽃잎만한 손을 흔들어주는데, 집 밖으로 뛰어나온
개들만 적의를 품은 듯 망망 짖어대고
넓은 들판을 거느린 그림 속 정자나무는 날마다 참새
들이 돌아와 그 품에 잠들 때까지 술래잡기를 하는 아
이들 한가운데서 때로는 목마를 태워주기도 하면서 다
갈색으로 점점 물 드는 꿈속에서도 그렇게 놀고 있었
다.

여름 시편 · 1
- 매미소리

장마 해제를 사이렌 소리로 알림.
횡단보도에 꽂혀서 꿈틀거리며
등이 불룩 솟아오른
중앙선을 가누며 길들은
어서 도시를 비우고
산으로 바다로 모두 떠나라고
신호등과 함께 외치고 있음.
서울 도심에서 일어나는 사건이라면
믿지 않는 사람들, 와서 들어봐
저 양철지붕에 쏟아지는 소낙비소리
더 요란하게 긁어대는 소리.
그 소리 속으로 들어가서
낮잠에 빠진 나무들은 귀가 먼 듯
바다 밑 넙치처럼 조용히
햇살의 폭포수를 맞고 서 있음.
하루살이보다 긴 두 주간의 생애를
시인 아무개를 닮은 듯
제 멋에 겨워 노래 부르고 있음.

꽃길

바람도 없는데 누가 간지럼을 먹이는지
까르르 까르르 웃느라 때로는
못 참겠다는 듯 온 몸을 뒤흔들며
꽃들은 하루 종일 입을 다물지 못한다.
그 웃음소리는 멀리까지 들리는지
나비들이 헤엄치듯
햇살 파도를 일으키며 날아오고
징소리 파문을 일으키며
벌들도 몰려든다.
감기보다 감염이 잘 된다는 웃음
꽃 앞에 서면 누구라도
소리 없이 웃는
한 송이 꽃으로 피어나고
웃음꽃은 또 다른 웃음을 꽃피게 하고
내부에도 꽃이 피는지 향기로운 말
웃음소리 물결이 깔리는 꽃길을 걷는다.

별 보기

애들아, 방학이 되거든 시골에 가서
별을 보고 오너라. 너희 꿈처럼 반짝이는
별이 사라진 이 도시를 벗어나
멍석에 누워 별밭 하늘을 보고 오너라.
이 세상 무엇이나 무슨 빛이
별처럼 별빛처럼 너희 마음들을 아름답게
꿈으로 수놓고 채워주랴, 별에는 별의
창조자의 성품과 능력이 깃들어
너희가 별을 보면 볼수록
참되고 착하며 아름답고 거룩한
신의 성품으로 변화되리니, 이 세상
어느 스승의 가르침인들 별보다 별빛보다
말없이 부드럽게 너희를 변화시키랴.
그러니 애들아 방학이 되거든
도깨비들도 사는 시골 마을에 가서
들녘의 캄캄한 어둠의 입도 보고
별을 많이많이 보고 오너라.
너희 영혼의 창문으로 흘러드는 별빛을
유리병 같은 너희 마음 가득 받아오너라.

선유도仙遊島 산책

거뭇한 나무줄기와 울긋불긋한 잎들을
더욱 선명하게 드러내며 산책하듯 내리는 비,
우산을 받지 않고 허위의 모자도 벗은 채
나무처럼 비를 맞으면서 산책하였다.
종로나 강남역 부근에서 보이지 않는 선유도
소로小路를 거닐며 비를 맞는 시간은
내 영혼을 다이아몬드처럼 빛나게 하고
그때 머리에 떨어지는 젖은 잎과 비의 촉감에
한 그루 나무가 되게 하는 위대한 가을
카페 뜰의 의자에 앉아 한강을 바라볼 때
억새꽃 민둥산*이 둥둥 떠내려 오는
가을은 비로소 나를 한 섬이 되게 하였다.
한강보다 더 깊은 본질 속으로 뿌리내린 섬에서
한 사람이 현실 속으로 먼저 떠나가고,
떨어져 깔린 낙엽들이 떠난 친구의 얼굴이 되는
비현실적인 길을 나무가 되어 걷고 있었다.
우산을 쓰지 않고 모자도 벗고
벌거벗은 바닷가 몽돌들 구르는 소리
밤새 쌓이는 눈에 솔가지 찢어지는 소리 들으며
발밑에 밟히는 젖은 낙엽들을 바라보면서
가장 순수한 자신을 만나게 하는 비

또 한 한 차례 가을의 물세례를 받고 있었다.
모든 존재의 색깔들을 선명하게 드러내며
산책하듯 내리는 비는 떠나가는 슬픔 앞에서
겸허히 머리 숙인 억새가 되고
침묵하는 한 그루 나무가 되어 걷게 하였다.

무지개와 소년

한 소먹이 소년이 소에게 풀을 뜯기고 있었네. 풀피리를 불다가 몰려오는 검은 구름 떼를 보자 풀무치 방아깨비처럼 소낙비보다 재빨리 소를 나무에 매어놓고 큰 바위 밑으로 뛰어들었네.

"소야, 소야 시원하겠구나. 파리 떼 쫓아버려서 더 시원하겠구나." 목욕하는 친구에게 피리를 불어주다가 비 그치자 동쪽하늘 무지개를 보았네. 무지개를 쫓아 소낙비처럼 산 넘어 달려갔네.

"음무, 음무" 친구가 불러도 못들은 척 달려갔으나 벼논 물탕에 섰던 무지개는 다시 산 너머로 달아났네. 돌아온 소년은 저 만큼 무지개 위에서 춤추는 선녀들에게 풀피리를 불어주었다네.

어른소년은 무지개가 뜨지 않는 우중충한 도시의 하늘을 바라보며 사느라 풀피리도 선녀도 다 잊었네. 늘 소주를 마시면서 황소 울음소리로 울다가 가끔은 산 넘어 달려가는 꿈을 꾼다네.

명기名器의 소리

명장名匠의 오래된 명기의 소리
맑은 영혼의 울림통에서
울려 나오는 소리를 듣는다.
솟아올라 넘쳐서
쏟아지는 장엄한 폭포
천지天池만 줄 수 있는 감동의
일대를 흔드는 폭포소리
명기의 울림통에서
명창의 소리가 쏟아진다.
계란을 삶는 뜨거운 온천수
그 바로 곁을 흐르는
얼음같이 차고 맑은 물에
손을 넣었다가 얼른 꺼내듯이
얼른 꺼버리고 싶은 소리,
찌그러진 울림통에서
찌그러진 소리가 나오듯이
명장의 영혼이 숨쉬는
명기의 울림통이 쏟아내는
맑고 우렁찬 소리
천지폭포소리 창唱을 듣는다.

폭풍우 지난 아침

폭풍우 천둥 번개가 나의 잠과 온 세상을 뒤흔드는 밤이 지나고, 나는 동녘 하늘로부터 쫓겨 가는 구름을 따라 들판으로 나가 보았습니다. 밤새 세상이 어찌 되었나 나가 살펴보았지요.

동구 쪽 미루나무 위 까치둥지는 조금도 허물어지지 않았습니다. 참 잘 지어진 집이라고 감탄하면서, 나도 흔들리는 나무 위에서는 흔들리는 집을 지어야겠다고 생각했습니다. 흔들리지 않는 바윗등에 흔들리지 않는 집을 짓는 바닷가 따개비들처럼.

아침 해는 간밤의 일들을 전혀 눈치 채지 못하고 있는 듯했고, 하늘도 내가 손잡고 나간 다섯 살 아이처럼 웃고 있었습니다. 그 애 눈빛처럼 맑고 잔잔했어요.

쓰러졌던 풀잎들이 막 물방울을 털고 일어나고 있는데, 냇둑에 섰던 버드나무는 굽은 등이 부러져 일어나지 못하고 있었고, 미루나무의 유연한 허리를 쳐다보고 있는 듯했습니다.

반딧불 하나가 막고 있는 어둠의 해일을 기억하면서 내 발등으로 뛰어오르는 개구리들의 문안을 받을 때, 나는 살아남은 자들의 기쁨을 보았어요. 바늘만한 바람의 손끝에도 쉽게 뒤집히는 떡갈나무의 눈부

신 고백이 한 폭의 깃발처럼 나부끼고 있는데, 나는
또 개똥 밭 잡초 속에서 망초의 오만이 뚝 부러져
있는 것을 그 둘레의 풀꽃들과 함께 보았습니다.

집으로 돌아올 때, 밭둑에 우뚝 선 상수리나무의 머
리에서 등줄기까지 껍질이 허옇게 벗겨져 있는 것을
보면서 하늘에는 불똥자국 하나 남기지 못한 번갯불
도 생각했어요.

파란 하늘만 쳐다보며 걷다가 하마터면 물도랑에 빠
질 번하기도 했지만, 나는 물줄기를 타고 오르는 버
들잎붕어처럼 내 정신의 비늘이 빛나고 있는 것도
깨달았습니다. 물꼬마다 철철 넘치는 물줄기처럼 신
선해진 나를 만났어요.

구룡연九龍淵

천하제일
　　금강미인
　　　　수려한 자태
　　　　　　목에서
　　　　가슴께로
　　　흘러가는
　　　　　은백색
　　　　　　명주실로
　　　　　　　　어느 천사가
　　　　　맑은 옥빛
　　　　둥그런
　　　　　구슬 아홉을
　　　　　　　갈고
　　　　　　　　다듬어
　　　　　드문드문
　　　　고르게
　　　　꿰어
　　　　　걸어준
　　　　　　목걸이로다

별을 그리며

우리 언제 다시
별들 총총한 하늘을 볼 수 있는
그런 곳에 살게 되랴

댓돌을 내려서면
쏴— 쏟아지는 골짝 물소리
그대는 향긋한 바람으로 숨쉬고

창문을 열면
쏟아져 들어오는 별빛으로
하늘에 닿는 나의 방

우리 언제 다시
멍석자리에 누어서라도 별 총총한
하늘을 보며 살게 되랴

그믐 달

그믐께
새벽하늘에
사금파리 한 조각
가라앉지 않고

하얗게
서리 맞은
기러기 울음 조각
서산 너머로 흐르는

화천에 잠긴 몇 며칠

길가에 달맞이꽃들이 흔들리고
피리소리에 춤추는 호랑이
산들도 물속에서 춤추고 있었네.
산맥의 파도를 타고 꾸불꾸불
백두대간을 넘을 때 그 광대함 앞에
찬양이 절로 터져 나왔네.
손 흔드는 벌개미취 꽃들도 보았고,
물속 산그늘을 뜯어먹고 산다는 산천어
훈제구이 맛이 혀끝에 남아 있네.
옛 시객들을 감탄하게 한 화천
그 곳 양지꽃들 샛노랗게 핀 옆에
세월이 회색 붓으로 칠해놓은
이름 없는 목비들이 숙연히 서 있었네.
김유정의 동네 막국수 집에 들른
소설 속 그 동네 토박이 같은
춘천의 인심은 떠날 때까지 넉넉하고
내 시의 홉되로는 담아내지 못할
천지에 가득한 산산 물물
산과 물의 화천이 나를 따라와서
한 마리 산천어처럼 그 속에
몇 며칠 가만히 잠겨 있게 했네.

바람 부는 날

그 해 여름이 떠날 무렵 내 가슴은 공중에 매달린 풍선처럼 벌렁거렸네. 바람이 단단히 들었던 게지.

사실 그 즘엔 바람이 많이 불어왔어. 이 맞지 않는 창문을 연신 덜컹거리면서 몇 며칠을 계속 불어왔지.

그때는 TV화면에서조차 산과 바다를 휩쓸던 피서 열풍도 사그라지고, 나도 우리 집 찜통 속에서 아무 발작증세 없이 잘 뜬 여름나기에 수박 한 덩이로 막 마침표를 찍으려는 참이었지.

그런데, 웬 머리채가 많이 헝클어진 바람 하나가 호리병 속에 갇힌 사귀邪鬼처럼 내 머리 속에 들어와서 서울 탈출을 외쳐대며 회젓는 게 아니겠어.

그것은 창문을 덜컹대는 바람 탓이었을까, 뒤늦게 떠나는 여름 여인의 땀에 젖은 살 냄새랑 바다 해감내 풍기는 머리카락 냄새를 갈망하는 내 바람기 탓이었을까.

사실 그 즘의 바람은 검은 구름 떼를 어느 하늘 곳간 속으로 몰아넣느라 누군가 휘두르는 말총 채찍으로도 보였고, 노을이 물든 절골 수수밭 붉은 수수이삭들을 흔들고 삼베 등거리를 으스스 파고 들던 풋젓골* 건들마를 생각나게도 했지.

비록 매연과 소음의 검붉은 늪을 헤쳐 오느라 매캐

하긴 해도 파도쳐 오는 몸짓이 그 동네 막감재를 넘어
와서 내 생가 뒤뜰의 대추나무가지를 흔들어 빨긋빨긋
한 대추들을 현기증으로 반짝이게 하다가는 앞 골 들
판을 파도쳐 내러가던 그 건들마를 많이 닮았었지.

　그때 나는 신기하게도 호리병 속에 갇힌 처녀 죽은
사귀처럼 매끈한 몸매로 내 입술을 빠져나오는 노래를
만났어.

　**바람아 불어라 대추야 늘쪄라¹.

　아야² 주라³ 할베요 야⁴ 보소.

　땍⁵ 조놈 침 주자.

* 필자의 고향 동네 이름. 한자로 표기하면 草笛洞.

** 경북 예천 지방의 전래 동요. 1. 떨어져라 2. 아이야

3. 주어라. 4. 이 아이 5. 애들에게 가볍게 으르는 말.

죽음보다 강한 생명

겨우내 바람과 아이들이 뛰놀던 텃밭
딱딱한 땅거죽을 뚫고 솟아오르는
세필 붓끝 같은 새싹을 보라.
가장 연약한 풀잎이 지닌
가장 강한 힘, 신비의 생명
어둠의 지층을 뚫고 솟아오르는 창,
교만과 무지의 갑옷을 입고
불룩이 내민 가슴에 박히는 창끝보다
빛나는 한 줄기 풀잎의 탄생
저 할딱거리는 숨소리가 들리는가.
그 숨결에 잔물결 이는 영혼의 수면에
햇살 깨어져 반짝이며 흩어지고
생명은 우후의 활엽처럼 싱그러운 것을
보라, 딱딱한 땅거죽을 뚫고 나온
가장 연약한 것이 지닌 가장 강한 힘,
카펫 위를 걷는 잠옷 발걸음처럼
구름이 지나면서 물을 뿌려주고
아지랑이가 키우는 풀싹
사랑은 죽음같이 강하다지만*
죽음보다 강한 저 생명의 부활을 보라.

　　　*구약성경 아가서8장6절

통영의 바람과 깃발

청마 탄생 1백주년 기념축제의 통영
여인의 은밀한 곳처럼 깊숙이
육지 속에 들어와 누운 관능의 바다
그 속살 같은 수면을 살랑살랑 스치며
해안을 향해 불어오는 바람
바다 물결을 한 겹씩 포 떠서 걸어놓은 듯한
깃발들을 환희로 춤추게 하고 있었다.
죽은 바람은 바람이 아니듯이
죽은 깃발도 깃발이 아니라는 것을
파란 바다 파란 하늘이 내게 계속 속삭였고,
그래서 청마의 깃발은 함성 또는
바람에 내둘리는 광야의 땅가시나무처럼
그 밤에도 펄럭였는지 모른다고 했다.
지리산 등줄기를 넘어오면서
허연 억새꽃들을 춤추게 하던 바람도
발자국을 살짝살짝 남기면서
벗어놓은 남색치마 같은 이 바다에 와서
깃발들을 환희로 춤추게 하다가
가끔은 적진을 향한 이 충무공의 호령
청마의 결기를 번쩍이는 칼처럼
죽은 시인들을 향해 펄럭이고 있었다.

가을 현상現像 · 1

어디서 박하 냄새가 난다
분통 뚜껑이 열린 듯도 하고

나무들의 등뼈 마디에 동침을 꽂는 바람
늑골마다 이슬처럼 맺혀 떨어지는 눈물

도공은 일그러진 항아리들을 깨뜨리고
하늘에서 들려오는 유리 구두 소리

책갈피 속 깊이 잠들었던 단풍잎
소녀의 하얀 손이 보인다

가을 현상現像 · 2

파란 하늘 물에 헹궈낸 바람결
반쯤 감은 눈자위로
부서져 내리는 마약 가루

혈관 속을 스멀거리며
헤엄쳐 다니는
하얀 유충들의 나라

모딜리아니의 여인들처럼
갑자기 목이 길어진 나무들
얼굴을 비틀고 하늘을 쳐다보는

뚝, 뚝, 발등에 떨어지는
나무들의 눈물
비명으로 가득 찬 죽음의 한낮

부드러운 날개를 단
영혼 하나
천천히 흐르는 구름 하나

이 가을에도

주여, 아직은
귀뚜라미 풀벌레들이
우리와 함께 살고 있음을
도시의 무덤가에서 감사드립니다.

새벽 달빛보다 싸늘한
가을의 강물 소리로
저들이 무엇을 울고 있는지를
이 가을에도
귀 있는 사람들은 듣게 하소서.

잎이 지고
열매들만 남아서
나무들이 보여주는 당신의 뜻을
이 가을에도
눈 있는 사람들은 보게 하소서.

내가 당신의
한 그루 나무로서
잎만 무성하지 않게 하시고
내 인생의 추수기에

따 담으실 열매가 풍성하게 하소서.

주여, 아직은
내 인생의 겨울이 멀었다고
누리 먹은 나날을 노래하지 않게 하시고
당신의 묵시(黙示)로 가득 찬 이 세상에
감격하며 살게 하심을 감사드립니다.

익어가는 가을빛

하늘이 높게 드높게 올라가서
파랗게 탱탱 여무는 걸 쳐다보며
누렇게 익은 벼들이 물결을 일렁입니다.
짙푸른 잎 속에 숨어서 몰래 커가던
감들이 발그레한 얼굴을 드러내고
사과들은 빨갛게 혹은 노랗게
배들도 누런 배 색깔로 익고 있습니다.
햇살에 따끔따끔 알몸을 지지듯이
저만의 노란 색깔로 익고 있는 감귤들
산과 들의 모든 열매들이 익고 여물 듯이
가을엔 사람들도 조금씩 여무나 봅니다.
바쁘게 오가던 사람들이 느닷없이
시납으로 떨어지는 낙엽처럼 느릿느릿
파랗게 탱탱 여물어가는 하늘을
실눈으로 그윽하게 쳐다보는 모습들이
조금씩 여무는 속을 내비칩니다.
그러나 제 색깔로 무르익는 과일과 달리
겨울이 곧 다가올 텐데도 끝내
서리 밭에서 거둬지는 막물
애호박 같은 사람도 있나봅니다.

강가에서

갈대들이
흔들리고 있더라.

하늬바람에 내둘리는 몸부림
강물은 그 곁을 돌아서 흐르고.

우, 우 갈대들 우는 소리
제 울음소리에
속은 점점 비고 마르는가.

숲 속 참나무도 이곳에 서면
마르고 속 빈 갈대가 되리.

갈대가 되리
부드럽게 흔들리는 갈대가 되리.

어느 가을날

청정한 바다 속처럼 맑고 고요한
어느 가을날 오후 한 덩이 소라처럼
나는 가라앉아 있었네.
바다 속 온 소리를 듣는 귀를 열고
청각 파래 냄새가 나는 시를 쓰고 싶었네.
해초와 붉은 산호초 사이를
미끄러져 다니는 어족의 낱말들을
하나씩 주워서 한 쾌씩 꿰면서
막 바닷장어의 오르가즘에 이를 무렵
　　소금 사려! 소금 사려!
외치는 소리를 듣는 순간 내 입은 갑자기
하얀 소금으로 가득 찼었네.
멍게처럼 돌기들이 돋아난 내 혀가
소금을 뿌린 듯이 하얗게 된 걸 보면서
겨울 바다의 아우성소리를 들었네.

가을 현상現像 · 3

빨대를 깊숙이 꽂고 쭈욱 빨아들이면
폐부로부터 사지로 퍼져나가는
파란 물빛 하늘
에서 퐁, 퐁, 퐁
누군가 목금木琴 두드리는 소리 떨어지고,
가라앉을 것 다 가라앉은 시냇물
들꽃들이 들여다보고 있는 송사리 떼
입질에 발가락이 간지러운 사람의
곰팡내 매캐한 여름 낱말들을 내다 거는 바람,
줄줄이 나부끼는 우중충한 생각들을
하얗게 바래는 햇살
쟁기와 풀잎들까지 녹이 쓰는 시간에
프라이팬에서 잘 볶이는
참깨 토닥토닥 튀는 소리도 들리고,
그 위로 파문처럼 퍼져 나가는 종소리
평화의 들판 아득한 저 끝
보일 듯 말 듯 내민 십자가의 교회당 앞을
배가 불룩한 젊은 여자가 지나가고.

가을 현상現像 · 4

누런 벼메뚜기들이 펄쩍펄쩍 뛰고 있는 들판
그 위에 아득한 코발트빛 하늘
하얀 줄을 긋고 은빛 반짝이며 사라지는 비행기
콜로라도의 강물에
누군가 발을 담갔다가 깜짝 놀라며 들어올린다.
아이들은 아직도 풀잎 물레방아를 돌리고
얄랑얄랑 종이배 하나 흐르다가 뒤집히기도 하는데
마리에나 해구보다 깊어진 하늘바다
하얀 카누 한 척이 움직이지 않는 듯 떠 있다.
곤돌라와 함께 라스베이거스에 끌려온 베네치아의
바다는 그 사막도시의 발등도 적시지 못하고,
저절로 흐르는 그 배에서 남녀가 어깨를 안고 부르
는
아라리 같은 곡조의 사랑노래가 들린다.
갑자기 부르르, 부르르 몸을 떨고 있는 나무들
스산한 노랫소리에서 검은 시베리아 바람을 보았는
지
잎들은 울긋불긋 물들어 조각품처럼 굳어지고,
콜로라도 강물보다 차가워진 동강을 건너
김삿갓이 햇살 설핏한 산등을 넘고
병 속의 벼메뚜기 몇 마리가 꼼작거리고 있다.

상강霜降 무렵

억세 꽃 벙거지를 쓴
산 하나가
떠내려가고 있다.

우리의 한강이 가보지 못한 바다 밑에서
도미들은 銀싸락을 주워 먹고
배가 더 하얗게 되어가고.

산을 낚아 올리는
큰 손이
天上에 하나 걸려 있다.

베란다 풍경

가을 베란다
햇살에 하얗게
요 한 채 내 걸렸다.
울긋불긋 물 드는 잎들
골짝 밤송이들
벌어지고
파란 하늘 향해
밤새 즐거운 신음소리
물기가 날아간다.
따가운 햇살에
배추들 속이 차오르고
배가 불러 오르는
분통같은
여자가 서 있다.

고적孤寂

머리에 초승달 핀을 꽂은 西山
바다 깊이 가라앉는 밤
빼어 던진 의치가 어디서
퍼렇게 녹이 슬고
나뭇가지에 걸려 흔들리고 있는
바람의 푸른 얼굴들
잊었던 說話들이 너풀거리고
저릿저릿 고압전류가 흐르는 온 몸
습기 눅눅히 서려 있는 방
뼈마디들 삐걱거리며 제 길을 가고
밤새 그의 치통 곁
컴컴한 습지 어디서
의치가 퍼렇게 녹슬고 있고
머리에 초승달 핀을 꽂은 西山은
바다 깊이 뜬눈으로 가라앉아 있다.

.

추수감사절에

쌀 찹쌀 백미 흑미 콩 팥 수수 조 고구마
감 밤 대추 배 귤 사과 호두 잣 땅콩 무화과
유자 바나나 자몽 등 수많은 과일과 곡식 열매들
무 배추 감자 파 당근 양파 호박 가지 오이 토마토...
일일이 다 적을 수 없이 수많은 과일과 채소들
오늘 제단에 쌓아놓은 풍성한 먹거리들을 보면서
감탄하고 찬양하네, 이 많은 것들을 주신
창조주 하나님 아버지의 풍성한 사랑을 또 다시
새삼스레 깨달으며 감사와 기쁨으로 목청껏 노래하
네.
생명이 없는 온갖 편리한 문명의 이기들을
다 만들어내는 인간이지만, 생명체인 쌀 한 톨,
사과 한 알, 무 한 개, 그 어느 것 하나도
인간이 만들 수 없는 저 풍성한 온갖 먹거리들이
생명의 창조주 하나님 아버지의 존재를
이 감사절 아침 목사님 이상으로 설교해주고 있네.
저 풍성한 먹거리들을 날마다 먹고 즐기면서도
하나님의 존재를 보지 못하는 장님들
그 풍성한 사랑에 감사할 줄 모르는 자녀들
그 불효막심함이 짐승과 뭐가 다를까 생각하면서
부족하지만 믿음으로 살게 하심을 감사드리네.

도시의 화전민

산속에 버려진 한 뙈기 묵밭처럼
또는 화전민의 풀집처럼 적막한 하루가
빌딩의 숲속에서 낙조도 없이 홀로 저문다.
별이 뜨지 않는 도시의 불빛 속에
막 캐낸 한 바가지 감자 같은 언어들의
시 한 편도 캐지 못하는 날 그는
고향으로 달려간다, 연한 풀을 뜯는
까만 염소 등에서 미끄러지는 햇살도 보고
가슴이 뛰는 소년으로 억새꽃처럼
흰 머리카락 휘날리면서 고향 들판을 헤맨다.
그러다 지치면 햇살이 오글거리는
진달래가 핀 추억의 언덕에 드러눕거나
길게 칸칸마다 울긋불긋한 가을
살아 움직이는 나무들의 그림으로 꾸며진
도시를 빠져나가는 기차를 타고
단풍잎보다 먼저 단풍 물이 드는 사람들
그 흥겨운 파도에 실려 함께 떠난다.
그러나 홀로 죽어가는 설원의 에스키모 같은
도시의 하루, 다시 아득한 산골로 돌아온
그는 버려진 화전에 다시 불을 놓고
파종을 준비하는 화전민이 된다.

눈이 옵니다

만물이 어둠 속에 잠든 것을 보고야
가만가만 눈이 옵니다.
14층 아파트에서는 들을 수 없는
처마 낮은 마당에 내리던 천만 발자국소리
아침의 감탄사를 듣기 위해 몰래몰래
하나같은 죽음의 형상들 위로
하얀 천을 덮어씌우듯이 내립니다.
어떤 설교보다 마음을 움직이는 순결한 사랑
덮어서 채우는 신비한 은총의 말씀으로
흙덩이인 사람의 마음들을 덮고
찌그러지고 녹 쓴 깡통 장식들을 달아놓은
시란 이름의 집 양철지붕도 덮으면서
가만가만 눈이 내립니다.
거칠고 모나고 더러운 것들을 민둥하게
굴러다니는 돌덩이 휴지조각들도 다 덮으며
올해 마지막 은총의 선물인 듯
눈을 내려줍니다, 하늘이 가만가만
아침 환호를 기쁨으로 받으려고
만물이 어둠 속에 잠든 것을 보고야.

망개

빨간
망개나무 열매가
천 길 눈 속에
익고 있다.

청솔가지 새로 드는
몇 오리 햇살이
솔새들의 언 울음소리를
녹여 주고.

열매를 따
손바닥에 놓으면
산속을 기어 다니는
봄 아지랑이.

설중매雪中梅

음력섣달초아흐래 차고 바람 부는 날 친구 집에
다녀온 밤, 잠이 오지 않았네. 내 잠을 그 집 너른
베란다 가득한 분재들 가지마다 다 걸어놓고 온 겐
지, 그 가지들이 내 잠의 실타래를 머릿속에서 홀랑
뽑아 걸어놓고 돌려주지 않은 겐지 영 잠이 오지 않
았어.

그가 절편처럼 잘라서 벽에 걸어놓은 과거란 시간
의 푸른색 主調의 그림들이 흘려 내리고 있는 미완
성 교향곡 탓만은 아닌 듯, 아파트 건물 틈에 걸린
하늘 조각을 들추는 나를 향해 잠시 얼굴을 내밀었
다 숨어버리는 차고 빛나는 반쪽 달님 탓도 아닌 듯
하고.

모든 걸 날려버리고 일용근로자로 연명했다는 그
가 그 큰 아파트를 장만하게 된 놀라운 신화를 들은
때문도 아니었네. "매화 피었으니 국화차 한 잔 하
자"는 그 친구, 현대의 첨단을 설계하고 건설하는
그가 느닷없이 나를 불러 연출한 옛 선비들의 사랑
방 풍경, 손을 위해 불러 앉혀놓은 절세미인이 내
침실에 내리는 잠의 너울을 다 걷어 간 탓일 게야.

옛 왕이 누리지 못했을 궁전에 앉아 신화를 들으
면서 내가 정작 듣고 본 것은 그 미인의 기품 있는

모습과 잠들었던 뇌세포들을 모조리 반짝반짝 눈뜨게 하는 미소의 봄노래 때문일 게야.

공단치마의 연두색이 흰 저고리에 비친 듯 세살먹이 새끼손가락 손톱보다 작은 다섯 장 꽃잎에 어린 색감에 젖고 있는 동안, 내 잠이 그 꽃잎 속으로 쏘옥 빨려 들어가서 그 연둣빛처럼 다 녹아버린 겐지, 미인의 긴 속눈썹처럼 벋어난 다붓한 꽃술 끝에 오종종 방울로 맺혀서 나오지 못하는 겐지, 내 잠은 돌아오지 않았네.

불 꺼진 바둑판 창문마다 피어 있고, 캄캄한 허공 중에도 피어 있는 매화가지, 엄동에도 치자 열매가 익는 옛 사랑방 선비가 되게 한 절세미인, 꿈엔 듯 스쳐간 차고 빛나는 반쪽 달님 같은 애인, 꿈결인 듯 짧은 만남의 환상처럼 그 그윽한 향이 국화 향과 어우러져 코끝에 맴 도는데, 내 잠은 그 친구의 과거를 들려주는 음악이 흘러내리는 그림 아래 옛 안상案上의 서책처럼 쌓여 있는 겔까.

내 잠은, 팔뚝 같은 등걸에 돋아난 가지 끝으로 물수재비처럼 맺힌 꽃망울들 속에 들어가 잠들어 버린 겐지, 나도 설한풍에 한 송이 꽃으로 피어 있는 겐지, 그 섣달초아흐렛날 밤엔 잠이 오지 않았네.

이사 온 별들

도시의 하늘에서 별들이 어디로 갔나 했지.
도시의 불빛이 싫어 사라진 별빛
노래방 번쩍이는 빛은 별빛 아닐 테고
밴드소리 요란한 화려한 술집 그 천정에서
번쩍이며 떨어지는 빛은 더욱 아닐 테고
더러 도시에 질려 떠난 사람들처럼
별들은 모두 시골로 떠난 것이라 짐작은 했지.
산으로 둘러싸여 우물 속 같은 동네
그 위 동그란 하늘에 들어차서 반짝이는 별들
과연 이사 온 별들로 더 빽빽해진 듯했네.
오래 전 서울의 저층 아파트에 살 때
어느 할머니가 넓은 빈터 풀밭 한 귀퉁이에
나뭇가지를 꽂고 비닐 줄을 둘러쳐 만든
가슴을 따뜻하게 해주던 보자기만한 꽃밭
별들은 더러 봉숭아꽃 분꽃 나팔꽃 맨드라미
낯익은 꽃들로 피는 것이라고 생각했지.
시골에 와서 하늘을 쳐다보니
귀농자들보다 더 많은 별들이 모두
그 캄캄한 하늘로 이사 와 반짝이고 있었네.

제2부
추상 서정抽象抒情

해와 시계

해는
시계를 보지 않는다
천년이 하루 같은 우주의
시간을 낳고 있는
시계
하루가 천년 같은 이 세상
똑딱, 똑딱, 모조리
시간을 까맣게
죽이고 있는
시계를 보지 않는다
해는

어느 이른 봄날 밤

하현처럼 생긴 작은 목선을 타고
전사들이 밀행하는 청동색 바다를 본다.
곰팡이 균사菌絲처럼 사방으로 금이 간
햇살에 눈이 부시다는 항아리 하나
그 생김은 뱀 대가리나 옛 전사의 투구 같다.
그 속에 고인 천년의 잠, 발굴 즉시
와르르 무너질 듯이 쌓인 여인들의 슬픔
속으로 나를 끌고 들어가는 빨간 입술을 본다.
은회색에 녹색을 반쯤 섞어 칠한 그 밤
하현처럼 생긴 목선을 타고 들어간
고분 속 퍼렇게 녹슬어 있는 청동의 시간
희랍인이 벗어놓은 투구 같은 겨울
세상 밖에 곤히 잠든 나를 본다.

거울

눈물을 비추는 거울을 본다.
웃음도 잘 비추는
나는 나의 거울이 되고
너도 나의 거울이 되나니
거울 앞에서
함부로 웃고 찡그리는 사람아
가끔 서풍이 부는 날
얼굴 속 계단을 내려가서
어두컴컴한 창고에서 만나는
탈들을 꺼내 써보는가.
눈물도 웃음도 잘 비추는
내가 나의 거울이 되는 저녁
너도 나의 거울이 되나니
바람에 박살나는 물거울
속을 훤히 드러내 보이면서
시쳇말로 표정관리를 잘하는
손오공 같은 사람아
서풍 부는 날 네가 두려워라.

바람의 눈

너는
잘난 꽃들의 이마를
짓밟고 뛰노는 바람이다.
들샘에서 환상幻想을 퍼 올리는 무지개
토막 나 떨어지는
나비 떼다
검정 고무신이 발을 쳐드는 냇가에서
한 아이가 집어든 사금파리
그 눈부신 허무다.
그 또래들이
가시 넝쿨 아래서 꺾어 내는
허연 무질레의 순수,
너는
건초처럼 깔고 뒹굴던
햇빛을 걷어 가는 바람이다.
어둠의 울창한 숲을 불태우고
행방을 감춰버린
번개다.
어둠에 깔려 버둥거리는 논밭의
사관四關을 틔우는 동침
천둥소리다.

西山 숲속의 비밀을 뒤지는 달
얼굴을 서걱서걱 베어 젖히는
갈대다, 너는.
실뱀처럼 눈을 뜨고
기어 다니면서
갈대 사이에 숨은 달을
모조리 물고 나오는 너는
물살의 하얀 이빨이다.
아, 너는 따라 다니면서
내 품행을 누설하는
중풍 든 바람
바람의 눈이다.

시인과 새

심장이 머리에 달린 시인
머리꼭지가 빨간 새여
머물 수 없는 행로의 날개 질
무수한 주검이 꿈틀대는
시꺼먼 바다를 건너가는 새여
바람에 수시로 펄럭거리는
나뭇가지에 걸린 연 같은
네 핏빛 울음소리를 본다.

정선에서
-언어의 죽음

한 낱말이 구문 속에 박히는 그 이후의
마지막 신음소리를 떠올리면서
나는 속에서 소다수처럼 끓어오르는
무수한 하얀 기포들을 보았네.
햇살 설핏하고 어슬어슬한 시간
아우라지 강물과 바람, 산과 나무들
내가 그들과 속삭인 것은
감정인지 의미인지,
그때 강물에 부서지는 빛살 같은
언어 이전의 황홀한 반짝임을 보았네.
간수 지른 콩물의 엉김 같은
입 밖으로 나오지 못한 생명체들
감정도 사상도 아닌 무수한 옹알이들
손발을 내젓는 젖먹이의 환희,
내 감성이 영감으로 수태한 태아들
출생하는 순간의 환희 속에 눈을 감는
산란한 연어 같은 언어의 주검을 보았네.

눈의 시

파악把握의 매 발톱 손아귀로부터
빠져나가는
빛살의 미끄러운 반역이여
소낙비 끝에 널린 靑하늘의 구름처럼
불거진 부조浮彫의 칼날 세우고
반란하는 야광野光을 잡는
베르트 · 모리죠*, 당신의 눈빛은
예감의 촘촘한 그물코에 걸려
파들거리는 피라미들.
풀꽃들의 입술은
땡볕 아래서 타고 있다.

검은 벨벳 터번을 쓴
당신의 이마에는
地中海의 한낮이 어른거리고,
눈길이 머무는 전위前位에서 충돌하던
빛살은 18세기의 늪을 건너
퀴퀴한 아틀리에의 커튼을 태우고
토르소의 배꼽을 쑤시고 논다.

당신이 지목하는

야생의 꽃나무, 순간의 꽃잎들이
色色의 물보라를
화폭 위에 뿜어낸다.
꽃그늘의 깊은 골짝에서 이는 바람의 긴 손가락마다
금지환을 주렁주렁 걸어 올리고,
고전의 벽에 못 박힌 들판을
해방시켜라! 해방시켜! 외치는 눈빛
쓰러진 산의 손발을 찌른다.

파악의 매 발톱 손아귀로부터
빠져나가는 빛살을 잡는
베르트 · 모리죠,
언제 만나도 당신의 두 눈에는
지중해의 낮은 파도가 찰싹거리고.
千年의 숲 속 수도원의
깊은 잠을 깨우는
새벽 종소리가 너울거리고 있다.

*마네의 그림 「검은 모자를 쓴 베르트 모리조」

소금 이미지

死海에 시체처럼 떠 있는 네 배꼽에서 오글거리는 햇살을 본 그날, 나는 콩고 산 다이아몬드원석 하나를 주워 어둠 속 쥐 눈처럼 반짝이게 갈고 있었지.

열 개 백 개 천 개로 늘어나 사방팔방에서 반짝이는 쥐 눈들, 박하사탕을 빨며 길을 가다가 나는 베란다에서 마르고 있는 하얀 행주 몇 장, 천만 잎을 나부끼는 은사시나무, 눈부신 서해 염전에 비틀 넘어졌었지.

투석으로 연명하는 젊은이 신장에 나붙은 서릿발 하얀 풀잎들, 젊은 그의 아내가 몰래 흘리는 바닷물보다 짠 눈물을 분석하는 유다의 눈빛은 감람나무 밑 어둠에서 번쩍이고, 그의 신장은 튼튼하고, 소금이 되지 못하는 사람들이 베드로물고기 소금구이를 먹고 있었지.

뒤돌아본 여인은 신의 조각품으로 아직도 그 자리에 서서 빛나고 있고, 눈이 멀쩡한 사람들이 대낮에도 염전의 나처럼 비틀비틀 넘어지고 있고, "나로 인해서 실족하지 않는 자는 복이 있다."는* 그 언약은 언제나 짠 소금이지.

*마태복음11장6절 인유.

그래픽 · 1

빛의 거미줄에 걸려 대롱거리는 녹색 공
오늘 아침 내 귀는
컴퓨터의 그래픽 속에
남쪽 하늘 반달처럼 떠 있더라.

스칠로폼 눈이 내리는 겨울 밤
비닐 순대를 먹은 창자가
밤새 꿈틀꿈틀
페르샤 만灣 쪽으로 기어간 자국.

연필을 깎아 향나무 냄새가 나는 시를 쓰는
수녀님의 시간은
그녀 생가의 마루 밑에 잠든
청동靑銅 화로

모나리자의 신비한 미소를 찍어내는
L · 다빈치의 키 펀칭
마지막 밤에 흘리던 피땀
우리 구주 로봇 씨의 이마에도
수은 빛 진땀이 베어 나더라.

그림 속의 피리소리

한 장의 잎은 한 잎 그늘을, 一千 잎들은 일천 그
늘을 얼룩얼룩 포개어 깔고, 나를 그 위에 타히티
여인처럼 쉽게 눕힌다.

세상의 볼기를 드러낸 언덕, 이쪽으로 얼룩말처럼
파도쳐 오는 바람. 드럼을 치듯 잎을 두드리면, 잎
들은 천 개 손거울로 부서지고, 빛의 꽃가루로 쏟아
져 내린다.

나는 정수리에 돌팔매 맞은 꽃뱀 한 마리. 제가
뒤얽는 빛 그물에 갇혀서 잠들고, 흔들리는 빛, 잠
의 요들을 타고 이방의 마을로 떠난다.

오, 보인다. 모로 누워서도 잘 빠지는 개꿈 속에
내 탯줄을 물고 나오는 수캐 한 마리. 木神의 권속
들이 낄낄대는 숲 속을 뒤지다가 돌아 나오는 바람
은 몇 타래의 이야기를 햇살에 내어 건다.

막 소낙비가 지나간 활엽수의 그 마을엔 물꼬를
타고 오르는 참붕어 떼 같은 아이들 웃음소리가 햇
빛 속으로 쏟아지고.

야들야들 입술을 떨고, 대통소 다섯 굼ㄱ을, 알몸
으로 풀밭을 굴러, 떼죽음으로 떠내려 오는 낱말의
강가에 퐁당퐁당 빠져도 물 묻지 않고, 굴러 흐르는
피리소리 들려온다.

아이스크림

시인들과 함께 아이스크림 황제*를 읽어서인지 내 심장이 핑크빛 아이스크림이 되는 것을 보았다. 여름 태양보다 뜨겁게 운동장을 달구는 함성이 세상을 뒤덮는 육체의 나라, 지하철 칸칸마다 하얗게 죽어서 밟히는 시간의 시체들을 보고 피라미 같은 낱말들의 떼죽음을 보자니, 아이스크림 황제를 위한 눈물이 났다.

그날 저녁 하나님과 불타는 인공위성을 생각하며 돌아오는 지하철에서 내 심장은 푸줏간의 고깃덩이처럼 매달린 빽빽한 사람들 가운데 핀 한 송이 빨간 장미꽃, 아침에 죽은 팝송 황제 마이클 잭슨의 하얀 페인트 얼굴의 빨간 입술, 아이스크림 황제를 모르는 그 황제는 죽어서 더 날뛰면서 그 입술 색깔로 노래하고 있었다.

새싹들을 얹은 비빔밥이 소화되는 그날 밤, 낮에 본 지하철 공사장에 쌓인 철 빔들은 모두 일어서서 천년을 꿈꾸는 숲을 이루고, 팝송 황제를 위해 노래하는 나뭇잎들, 꽃다발을 바치는 소녀들은 더러 순결한 눈물을 흘리고, 더위를 녹이라는 아내의 아이스크림을 내 사랑 아이스크림 황제가 생각나서 먹지 못했다.

*월리스 스티븐스의 시 제목

내 사랑 뮤즈에게

뮤즈여, 사랑하는 아내에게도 나는 지금껏
낯 간지러워 사랑한다는 말을 못하고 살아왔지만,
그대는 언어의 교접으로 나와 함께 시를 낳는
내 사랑하는 창조정신의 아내가 아닌가.
영감의 번갯불도 놓치지 않는 민감함으로
밤중에도 이렇게 일어나 나를 깨워서
창조의 쾌감에 빠지게 하는 그대,
아내의 단잠을 위해 각방을 쓰는 나와
불을 켜고 하는 일에 정열을 불태우는 그대여,
우리가 거니는 은유와 상징의 숲에서
새들처럼 노래하며, 산의 숨결 같은 산들바람에
향기 흩날리는 꽃 같은 자녀들을 많이 낳자.
이제 언어는 우리의 장난질 대상이 아닌
쾌락보다 숭고한 사상의 도구가 되게 하고
우리의 자녀들이 세상에서 가장 아름답지 않아도
평범하지만 비범한 인생을 사는
신의 자녀들처럼 되게 하자.
평범한 가운데 비범한 존재들이 되도록
기도하며 창조함으로 신의 성품을 닮게 하고,
인간과 자연 만물에 대한

사랑의 화신으로 태어나 살아가도록
저 대지를 흐르는 마르지 않는 큰 강물처럼
우리 자녀들의 혈관에 사랑의 피가 흐르게 하자.
이 땅에서 순례자로 사는 것으로 충분한 나
그대와의 밀월을 망치고 싶지 않으니
뮤즈여, 거짓과 가짜로 가득한 이 세상에 우리마저

조화造花 같은 자녀들을 보태지 말자.
이제 다시 젊은 날에 방종했던 나를 닮은
사생자를 낳는 늦바람이 나지 않게
아름다운 그대 모습에 성자의 성품을 닮은
가슴이 뜨겁고 머리가 맑은 하늘빛 자녀만 낳도록
꿈꾸는 나를 지켜다오, 내 창조의 아내여,
깊은 골짝에 물이 흐르게 하며
크고 작은 나무들과 꽃들을 많이 낳아 키움으로
스스로 산이 되는 산 같은
생명의 창조자가 되자, 내 사랑 뮤즈여.

새의 죽음

너는 종일 낙목의 눈물만 받아먹고 있었다.
운문의 삭정이들로 얽어 지은 너의 집엔
밤마다 몇 가닥 푸른 별빛이 걸릴 뿐
바람은 골병 든 생각의 고드름을 덜경였다.
살의의 발톱, 번쩍이는 눈빛에
찍혀 넘어지는 겨울 숲에서
카멜레온처럼 기어 다니는 낱말들은
개나리꽃 연한 부리로 내 가슴 후벼 파던
꽃이슬 따먹던 노래로 살아나고
나목의 눈물이 네 속을 들끓였나.
사상思想의 청동 하늘을 울어 쪼개어
궁륭 밖으로 날아간 새여
이데아의 별 하나 따오지 못한 채
아가의 창밖 빈 꽃대 사이에 떨어져 죽은
네 날개엔 서리구름 몇 조각,
선혈鮮血이 묻은 울음 조각들이
까만 씨앗으로 흩어져 있는 뜰에서
너는 돌처럼 잠들어서도 노래하고 있었다.

사과를 먹으며

얼마나 멀고 먼 하늘로부터 수많은 별들의 속삭임과
웃음이 나노 단위의 빛으로 수만 광년을 내려와 처음
생명의 근원이 맺어준 아기 젖꼭지보다 작은 녹색 동
그란 생명항아리에 들어와서 할머니가 잦던 광주리의
긴긴 명주실처럼 동그랗게 봉긋이 사리사리 쌓이고,
범람하는 달빛 홍수에서 그렇게 가늘고 투명한 몇 가
닥도 항아리 속에 들여져 사리사리 쌓이고, 또 뜨겁고
뜨거운 태양의 빛도 파란 하늘 물속을 내려오면서 알
맞게 식은 몇 가닥이 들여져 싸늘한 달빛 별빛에 그
열기를 나눠주며 하나로 녹아 응어리지고,
또 땅강아지 지렁이 두더지 개미 굼벵이 이름 모를 땅
속미물들까지 모두들 속삭이는 말소리 웃음소리들이
녹은 물이 미세한 물관을 타고 올라와서 함께 녹고,
새들과 바람과 아이들의 재잘거림도 들어와서 하나로
녹아 엉기어 점점 굵고 굵어 빨갛게 익은 생명덩어리.
별빛 달빛 햇빛들의 속삭임과 웃음, 땅속의 모든 소삭
임과 웃음이 한데 녹아서 내는 달콤하고 시원한 맛,
하늘과 땅이 하나로 엉기어 키워온 열매, 생명의 영원
한 신비를 먹는다. 우주의 신비가 입안에 퍼지는 황홀
감으로 시간과 공간이 하나 된 생명덩이를 아삭아삭
먹는다.

스케치 연습

마른 손가락을 하나하나 꼽고 있는 내 앞을 생쥐 한
마리가 조심스레 수채를 건너고 있다. 맞은편 창가
에서 머리 빗는 햇살. 가을 여자는 레몬처럼 익고
있다. 빗어 내리는 머리칼 냄새. 서울 변두리의 바
람 냄새. 봄 여름 가을 먹다 버린 레몬 냄새.

생쥐는 문득 북악北岳처럼 바투 선 나를 본다. 수세
미 잎사귀들은 살금살금 장독 뒤로 숨는데, 레몬 껍
질이 썩는 그 자리에서 내게 눈싸움을 걸어오는 생
쥐. 만삭의 배를 깔고 나목裸木가지 위로 내려앉는
하늘. 여기저기 떠다니는 죽음의 인광燐光. 벌레 먹
은 낙엽의 폐를 앓는 청년은 터지는 기침을 못 참는
다.

그새 맞은편 창문은 꼭꼭 닫히고, 누가 들어 부은
구정물을 뒤집어 쓴 생쥐는 재빠르게 수채를 건너
고, 나는 다시 손가락을 하나하나 오므린다. 장독
뒤에 숨어서 지켜보는 수세미의 마른 얼굴. 살얼음
이 어는 물빛 마음. 속옷을 얼음 두께만큼씩 껴입어
야 된다는 불안. 그러나 많은 것들은 벗어 있고, 벗
은 것들을 사랑하기는 쉽지.

몇 잎의 동전마저 털어 던지는 가벼움. 내 노래의 몇 마디가 떠나가는 가을 여인의 손수건도 되고. 화분에 물을 주듯 살아가기는 즐겁지. 봄 여름 가을 먹다 버린 레몬 냄새. 돌발하는 기침 소리. 놀라 달아나는 생쥐. 담쟁이덩굴들의 혈관은 드러나 멋고.

집중을 잃는 눈에 나는 쉽게 승리한다. 서천에 펄럭이는 깃발, 오! 나의 수의. 그러나 북악은 춥고, 여전히 으스스 춥고. 어두운 수채 속 어디쯤에서 생쥐는 떨고 있고. 事物의 입에서 항문으로 대바늘을 꿰고 있는 내 손가락의 동작, 그것 역시 바들바들 떨고 있다.

용포동 일박龍浦洞 一泊

왜정倭政 이래 한반도의 캄캄한 얼굴을 찍어내던 곡
괭이와 썩은 보릿단의 해방을 둥둥 떠올리는 벽시계
의 깊은 잠 속엔 버드나무 등허리에 빨래처럼 시체
를 걸쳐놓고 우우 마당으로 범람해 오는 낙동강이
흐르고 있었다.

쌓인 잠의 먼지를 헤치고 생활의 간살이 여러 개 부
러진 문틈을 빠져나와 봉당에서 달빛이 찰찰 넘치는
신발을 끌고 나가는 시간을 저 혼자 보았는지 토종
개를 앓게 하는 달님만이 집터서리 상추밭에서 허허
웃고 있었다.

그 웃음소리는 토방 안에 잠든 나를 흔들어 깨우고
요나를 사흘 밤낮 가둬 놓은 물고기 뱃속에도 들리
게 마치 홰치는 수탉 울음소리가 그 마을의 새벽 우
물을 뒤눕히듯 앞 강물을 온통 뒤눕히고 있었고, 그
집 꼬부랑 암소만이 달빛을 뒤집어 쓴 채 농우리치
며 흐르는 강을 보면서 되새김질을 하고 있었다.

내가 벽시계의 깊은 잠 속에 홋카이도 탄광에서 보
낸 그 집의 겨울을 보면서, 홍수에 떠내려가는 보릿

가리 위에서 한 사람이 울부짖는 소리를 들으면서 헛소리를 하고 있을 때, 시렁 위에 모신 仁同 張 氏 족보를 훑어 내리다가 거뭇거뭇 솔바람 소리가 떨어져 깔린 그 집 선조의 무덤을 뒤지러 가는 시간을 막 목욕을 하고 대臺 위로 올라서는 동신목洞神木 저도 보았는지 물 묻은 달빛을 털면서 번들번들 웃고 있었다.

동구 밖에 금줄을 치듯 초가들의 내력을 가둬 놓은 돌담들 위에 겨울을 넘긴 시래기 타래가 눈물 마른 사설辭說처럼 걸려 있고, 썩은 새끼줄을 허리에 띤 동신 장군석將軍石이 색실과 짚 꾸러미들이 얹힌 찔레나무 넝쿨 속에 곤히 잠든 비비새 한 마리를 지키고 서 있었다.

환상 여행 · 1

어느 가을날 토요일 오후 나는 어느 화가의 노란 구름카누를 빌어 다고 항해를 시작했네. 처음 닿은 나라의 나무들은 만세를 부르며, 더러는 꽃을 다발로 흔들면서 환영해주었네.

한쪽 어깨를 내놓고 늘 땅만 보고 걷는 달라이 라마의 나라를 지날 때 한 나라의 죽음을 애통하는 듯이 산들은 온통 하얀 상복을 입고 줄줄이 서 있었네.

어머니의 칼국수 반죽덩이처럼 탱탱하고 말랑한 가슴을 드러낸 인디언 처녀들도 만나고, 짚불 헤적이며 굽던 국수꼬리처럼 부풀은 꿈의 바다 바닥이 드러나면, 카누 대신 축제를 열고 있는 추장의 머리에서 뽑은 깃털로 만든 날개를 달고 날아다녔네.

피리소리에 춤추는 코브라의 거리 어느 곳에서 내은발이 갑자기 오색 장미꽃바구니가 되는 걸 보고 놀라 화장실에 뛰어 들어갔더니, 그곳은 마디가 없는 펜대 같은 손가락들을 한 여인들이 늘어져 뒹구는 타이티 해변이었네.

여인들의 긴 손가락을 보면서 내겐 서제가 따로 없다고 생각하는 순간 나는 베르사유궁전의 서제에서 깃털 펜을 잡고 이미 그림엽서를 다 쓰고 멋지게 사인을 하고 있었네.

서제에서 나오니 노란 구름카누가 대기하고 있어서 우선 날개를 떼고 펭귄 나라로 가서 뒤뚱거리는 한 늙은 펭귄에게 하늘을 자유 비행할 수 있게 날개를 달아 주었네.

　이윽고 은행잎들이 노랗게 물들어 떨어지고 있는 나라 눈물과 웃음이 있는 나의 사랑하는 도시로 구름카누를 타고 가슴 동굴에 환한 등불이 켜진 것을 보면서 돌아왔네.

未堂과 국화
-연상 작용

한 독의 물이 된 먹구름과 번갯불 천둥소리를 떠올
리는 나는 미당이 살던 사당동 예술인촌이란 이름처
럼 말라 죽어 있는 지난여름 내 기어 나오던 지렁이
들의 시체를 생각하면서 그를 키운 8할의 바람과 그
의 국화와 시를 살펴보기 위해 그가 시집 한 권에
흩어놓은 마침표들을 죄 불러 모아 봤더니

웬걸, 달고 나온 문장 길이들이 질마재 신화*처럼
긴 것도 있고, 여름날 땀을 줄줄 흘리며 보리타작을
하던 우리 아베 삼베 등거리에 수없이 박힌 보리 가
시라기 만한 것도 있어, 밭고랑에 앉아 똥을 누면서
보던 가지런한 청보릿대를 떠올리면서 주어 동사가
가지런한 표준어 청보릿대 같은 문장만 남기고

사투리 한 둘 혹은 두름으로 엮어 놓은 들쭉날쭉한
行마다 그 앞머리에 X표를 다 긋고 쳐다본 하늘에는
조개구름 도미비늘, 변산 반도에서는 볼 수 없는 몽
돌들의 바닷가 파도 소리 찰싹거리는 해안에서 점점
깊이 걸어 들어가면서 나는 찻숟갈 하나 가득한 인
진쑥 환약들이 목구멍을 넘어가 위에서 한동안 부침
하는 걸 보면서

가지런한 다리로 춤추는 해파리들의 바다 속에 이르자 갑자기 1867 개의 산들이 와르르 무너지는 소리에 노랗게 변한 해파리들을 보다가 노랑머리만 가득한 동자상童子像 탱화 한 폭 들고 법당을 나와 팔을 쳐들고 다시 쳐다보니 고급 아파트들 즐비한 하늘의 하늘, 플라타너스의 머리가 파랗게 젖고 있는* 걸 바라보다가

나는 선운사 뒷산 석양에 서해를 향해 앉은 노옹의 늘어뜨린 수염과 풋젓골* 아베 어메 잠드신 선산 아래 밭두렁에서 붉게 타오르는 옻나무들과 파란 물독 안에서도 활활 타오르는 오리나무들의 불길을 보고 불에 댄 듯이 놀란 달이 노란 하혈을 뚝뚝 흘리는 걸 보면서 나는 사당동 미당 댁 2층으로 오르는 좁은 나무계단에서 넘어져 꿈을 깨고 ...

* 질마재 신화: 미당의 시집 이름
* ...있는: 김현승의 시 '플라타너스' 제1연 제3행 이미지 차용
* 풋젓골: 필자의 향리 이름, 한자로 草笛洞.

검은 섬
-피아노 연주를 들으며

멀리 정박한 함정 한 척
곧 떠날 듯 떠 있는
검은 섬,
물고기 떼의 느린 군무와
파도타기를 하는 갈매기들의
눈부신 평화.
돌연, 칼처럼 지느러미를 치세우고
평화의 바다를 가르며
돌진하는 흰 상어 두 마리
물고기들의 아우성으로 들끓는 바다
충돌하고 부서지는
빛의 향연.
바다를 떠난 은어들
햇살 모래알갱이에 배를 긁히듯
냇물을 거슬러 오르고,
이윽고 포식자들이 떠나는
바다, 갈매기들이
눈부신 평화를 지키고 있는
영원히 정박한 함정
검은 섬.

사랑의 불꽃놀이
─다시 뮤즈에게

사랑의 눈빛이 충돌할 때 보이지 않는
불꽃이 떨어져 다이아몬드가 되는
나 그대와 그런 사랑의 불꽃놀이를 하고 싶소.
세공의 손이 숨겨놓은 예리한 빛들
어느 귀부인의 목에서 반짝이는 다이아몬드
그와 비교할 수 없는 시편들
나 그대와 귀한 생명의 자식들을 많이 낳고 싶소.
한 덩이 무쇠도 녹여 담금질을 거듭하면
강철이 되고, 장군의 번쩍이는 진검
여인의 품속 사랑의 보검 장도가 되는데,
신혼여행에서 돌아와 갈라서거나
몇 해 살다가 깨지는 질그릇 같은 사랑이 모르는
다이아몬드 원석을 다듬어온 나는 그대와
세상 몰래몰래 사랑의 불꽃놀이를 늘 하고 싶소.
어느 귀부인의 귀에서 달랑거릴 때마다
발산하는 광채와 비교할 수 없이
귀중한 우리의 자식들─반짝이는 시를 낳는
神만이 알아주는 사랑의 불꽃으로 神話를 쓰고 싶
소.

환상여행 · 2

나는 종종 환상의 무중력투명체 옷을 입고
한강 북한산 대동강 압록강 만주벌을 휙휙 지나
아무르 강 상류 숲속 외딴집 뜰에 내려선다,
제자들 가운데 홀연히 나타난 예수님처럼 실체로.
몸매나 얼굴이 나와 닮은 몽고계 포수 툴루이
그는 일방적인 나의 방문으로 여러 번 만난 친구
감격의 포옹을 나눈 뒤 강으로 나간다.
카누로 미끄러져 나간 흑공단 또는 호수 같은
아무르와 그 주변 대평원의 평화가 베인 그의 얼굴
대자연의 얼굴을 바라보며 경탄하고 있는데, 그는
한손에 등불을 들고, 다른 손에 든 희랍전사의
삼지창 같은 작살로 숭어를 찍어 올린다.
퍼덕거리는 그놈을 장작불 난로 철판에 문질러
비늘을 벗긴 뒤 토막을 쳐서
소금 간 열탕에 익혀 먹는, 오, 그 맛!
난로에서 흰 장작이 자작자작 타는 소리와
짐승울음소리를 내는 바깥 자작나무와 잡목들의
숲을 흔드는 바람소리를 들으며 나는
신비한 대지에서의 꿈속에 숭어를 찍어 올린다.
퍼덕거리는 월척 숭어 같은 시를 들고
먼빛 오로라를 바라보며 홀연히 그를 떠나

만주 압록강 대동강 북한산 한강도 휙휙 지나
도깨비 뿔처럼 나무들이 서 있는 앞산 넘어
쉭 내 방 테이블 앞에 돌아와 앉은
나는 쿵쿵거리는 심장으로 타자를 하는데
육관대사*성진을 깨우듯 나를 깨워놓고
아내는 새벽기도를 나가느라 집을 비웠다.

* 예수: 성경 요함복음20장 19, 26절 참조
* 육관대사, 성진: 김만중의 소설 <구운몽>의 등장인물

환상여행 · 3

리얼리즘 소설의 지나친 묘사처럼 지루하고
따분한 어느 날 쉭 창밖으로 뛰어오른
나는 문단文段을 건너뛰기보다 빠르게
제주도 오키나와 하와이를 휙휙 지나
적도 위 태평양의 갈라파고스제도 상공에서
C. 다윈의 진주들을 둘러보고, 그 가운데
가장 큰 산 크리스토발 위에 내려섰다.
화덕 같은 바위에 엎드렸던 이구아나가 앞발로
벌떡 일어서는 환영인사를 받은 나는
공기주머니 뻥뻥한 군함새의 사랑가를 듣다가
해안에서 바다사자들과 일광욕을 즐겼다.
다윈보다 먼저 태어난 코끼리거북
그 볼에 내 볼을 비비다가, 서로 엇댄 그 목의
주름살 파도가 껄끄러운 나는
파도치지 않는 하늘로 다시 휙 뛰어올랐다.
멕시코 캘리포니아 지나 로키산맥을 굽어보며
아프리카 어디서 본 듯한 악어 같은 섬
아직 명명되지 않은 그 섬에 내려
먼 항해에 지쳐 있는 조지 밴쿠버를 만났다.
그와 함께 바다가제를 잡아 구워먹고

현재로 돌아와서 내 여자친구 K시인을 불러내어
로키의 설산들이 호수에 거꾸로 서 있는
절경의 아이스필즈 파크웨이 드라이브를 즐긴
나는 두툼한 스테이크를 배불리 먹은 뒤
호수에 빠진 두 사람과 설산을 함께 건져 들고
손을 흔들면서 다시 쉭 뛰어올랐다.
지루하고 따분함을 태평양 상공에 다 날려버리고
하와이 오키나와 제주도를 휙휙 지나
연초록 물이 뚝뚝 듣는 나무숲의 능선 맞은 편
내 거처로 돌아와서 신나게 자판을 두드린다.

환상 여행 · 4

한 사내가 '타임 인!' 하더니 개마고원 우발수 곁 자작
나무 숲속을 산책하고 있네. 그 숲 나무들의 매끈하고
하얀 종아리와 몸매에 매혹되어 걷고 있을 때 그들의
여왕 같은 미녀가 무지개 옷을 입은 제주조랑말만한
호랑이를 너풀너풀 춤추게 하는 걸 보고 넋을 잃네.
숲속에서 몰래 지켜보는데, 함께 놀고 있는 얼굴이 백
합조개 같은 소녀들이 그미를 유화 공주님이라 부르
네.

아프리카 얼룩말 수컷들이 앞발로 공중에서 맞서 싸우
기도 하며 힝힝 짝을 부르고 있고, 백성을 굶어 죽이
는 은둔의 독재자는 그의 노예들에게 밤낮없이 핵무기
를 만들게 하면서 지하 궁전에서 자기 일당 몇과 자작
나무 같은 알몸들을 즐기네. 바다에 침몰한 두 도막
전함 속에서 젊은이들의 목숨의 촛불이 가물가물 꺼져
가고 있을 때, 바다는 통곡소리로 출렁거리고 있네.

하늘에서 지켜보던 해모수가 벌겋게 달아오른 연장을
가지고 '타임 인!'으로 산책 나가는 그 사내처럼 휙 내
려와 호랑이를 잡아타더니 그미를 낚아채듯 태우고 곰
할메산 아래 압록강가 숲속으로 들어가서, 저런, 풀밭

에 쓰러뜨린 뒤 버려두고 뒤도 돌아보지 않고 다시 휙 하늘로 올라가는 게 아니겠어. 어느 남자가 그 땅에서 휘두르는 칼에 찔려 비명을 지르는 아이들을 보네.

때마침 거길 지나던 금와왕이 울고 있는 그 절세미인의 사연을 듣고 가엾고 사랑스러워 왕비를 삼았는데, 어느 새 배가 항아리 만해지더니, 아 글쎄, 닷되들이 만한 알 하나를 낳지 않겠어. 그 걸 보자 쥐 눈같이 작았던 금와왕의 눈이 금빛 번쩍이는 개구리눈처럼 툭 튀어나오지 뭐야. 지금도 쥐 눈인 사람이 알을 낳는 미인을 본다면 금와왕처럼 개구리눈이 되겠지, 암.

더 놀라운 것은, 그 알에서 한 사내아이가 깨어나는 거야. 물의 신 하백의 딸과 천제의 아들 사이에 태어난 그가 일곱 살 때 활을 만들어 말을 타고 달리면서 살을 쏘아 백발백중 짐승을 잡는 명사수가 된 고 주몽, 이복형들의 칼에서 도망쳐 고구려를 세운 동명성왕. 그가 만주벌을 말 달리는 용맹한 모습을 보러 산책한 뒤 '타임 아웃!' 하고 돌아오는 사내는 늙지 않는 시인이래.

꽃씨

저릿저릿한 사랑의 포옹
번갯불 실오라기들 흩어지고

잠들어 있는 하얀 구름 너머
천둥소리 부서져 내린다.

검불이 되어버린 나의 지체들
그 속에 묻혀서 잠들고

풀풀 백발로 날리는 빗줄기
주검을 덮는 굴비 비늘같이 내리는 눈

별빛처럼 어둠을 뚫으며
바람과 이슬도 캄캄한 지하로 내려간다.

이 땅의 내 님 황홀한 날개도
나와 함께 고욤처럼 썩어 사라지고

썩어야 소생하는 무수한 나
햇살도 천둥 번개도 썩고 있다.

제3부
생활 서정生活 抒情

사랑에 관한 메시지

돌려주고 돌려받는다는 것이
마음 뿌리까지 되돌려 주고받은 게 아니며

서로들 뒤돌아선다는 것이
영영 뒤돌아보지 않는 돌아섬이 아니란 것을

세월이 가르쳐주네, 마음 벽에 그려진 그림들은
풍상의 깊은 골짝 암각화로 남는 것을

이따금 찌르르 찾아오는 가슴의 통증이
아득한 허공중의 얼굴 그렁한 눈물로 맺히며

박았다가 뽑으면 메울 수 없는 자국으로 남는
순결한 사랑은 단 하나의 대못인 것을

세월이 보여주네, 풍상도 지우지 못하는 그림들이
때때로 꽃구름으로 날아오르는 것을

때 묻지 않은 사람들

때 묻지 않은 사람들은
내가 웃으면
내 얼굴을 비추는 거울처럼
나를 따라 웃는다.
그들 속에 있는 거울에
내 웃는 얼굴이
비치기 때문일 게다.

때 묻지 않은 사람들은
나이가 많아도
까르르 웃는 어린아이 얼굴
나도 따라 웃게 한다.
그 웃는 얼굴이
내 속에 있는 거울에
비치기 때문일 게다.

사랑의 노래 · 5

어느 날 만원인 지하철에서
비슷한 연배의 한 늙은이가
쓰러질 듯 서 있는 사람에게
얼른 일어나 자리를 양보했네.
양보한 사람 가슴에는 물론
그 아름다운 모습을 바라보는
둘레의 모든 이들 가슴에도
기쁨의 전류가 흐르는 것을
환해지는 얼굴들에서 보았네.
어느 산 정상 가까이서 만난
그 산의 눈 같은 $10m^2$쯤의 늪
발간 물봉숭아 꽃들이 둘러선
그 늪을 만날 때처럼 기뻤네.

천득* 할아버지와 곰 인형

천득 할아버지는 해가 솟아오른 아침인데도
좀 더 자라고 곰 인형에게 소곤대며
검은 안대를 씌워준대요.
그러고 또 우리가
"학교 다녀오겠습니다."고 외쳐 인사하면
깜짝 놀라시며
얼른 손가락을 입술에 대고
우리에게 살며시 웃어 보이시면서
아기가 깰까봐 조심하라고 눈짓 하셔요.
이제는 할아버지의 사랑에 감동하신
하늘나라 임금님이 생명을 주어 곰 아기가 되어
날빛보다 더 밝아 어둠이 없는 곳
잠꾸러기의 안대도 필요 없는 천국에서
천득 할아버지와 함께 재미있게 놀 거예요.
물론 서제에서 글을 쓰시는 때는
저도 인형처럼 조용히 책을 읽거나, 아니면 살며시
세상에 내려가서 지리산 반달곰이나 또는
그들이 잠잘 때는 중국의
판다들과 어울려 놀다 올 때도 있을 거예요.
　*피 천득(1910. 5. 29~2007. 5. 25) 영문학자, 수필가.

별을 만든 시인

-압구정동에서 별보기는 별 따기보다 어렵다.
이것은 시인이 아닌 과학자의 말이라네.
빛 공해가 얼마나 심각한지를 조사한
과학자의 말이라면 신뢰하겠지만
서울의 압구정동 아닌 용인에선 보이는
북두칠성, 그 가운데 잘 보이지 않는 아기별
시인은 그 별을 만들기로 했다네.
그보다 더 작은 별도 보며 자라던 옛날
멍석에 누운 이마 위로 별들이 쏟아졌는데...
별을 보지 못하고 사는 대도시의 사람들
북극성 같은 인생 길잡이도 생각하며
별을 하나 만들어 아파트 14층에 달아놓았네.
동방박사들이 잘못 찾아올 리 없을
5각형의 하얀 별, 창밖에 내려앉아 빛나는
그 별을 쳐다보면서 시인도 과학자처럼
빛 공해를 벗어난 기쁨으로 말했다네.
-압구정동에서 별보기는 별 따기보다 어렵다.

주머니 없는 수의

이제는 주머니 없는
수의를 입고 살아가야 해.
꿈과 바람 주머니는 괜찮아.
어쩌다 별미가 오르는
밥상 앞에서
마주치는 눈빛의 낱말들
그런 사랑주머니는 괜찮아.
사람 말고는
새, 나무, 풀과 짐승들
모두 주머니 없이 살아가는 걸.
수의가 없는 저들에겐
주머니 없는 삶이
수의인 걸.
넘을 수 없는 산을 넘고
건널 수 없는 바다를 건너는
꿈과 바람 주머니는 괜찮아.
이제는 주머니 없는
수의를 입고 살아가야 해.

자유인의 노래

내 목을 매지 못한 넥타이들이
횟대에 제 목을 매고 늘어져 있다.
단추들이 풀어놓은 자유의 손을 흔들며
바람불지 않아도 사시나무 잎들처럼
홀로 나부끼며 넓은 길을 간다.
누군가의 목을 죄듯 졸라매고
매듭을 짓는 아침의 결의, 하나같이
정장으로 무장한 전사들의
하얀 손들이 무죄를 주장하고 있다.
속옷들만 몰래 젖고 있는 거리
관습의 겉옷을 벗어던지고
단추 하나가 불러들인 바람결에
내 와이셔츠는 돛폭처럼 부풀고 있다.
햇살 쏟아지는 해안을 거닐 듯
홀로 거니는 자유의 거리
세상 어디에도, 무엇에도 목매지 않는
자유인의 노래를
반짝이는 가로수 잎들이나 듣지만
시체들에게 손을 흔들며
종전으로 귀향하는 병사처럼
그는 가고 있다, 춤추듯 그의 길을.

약손

내 손이 약손이 다아
내 손이 약손이 다아

배앓이로 뒹굴 때면
정맥이 파랗게 드러난 배를
문질러주시던 할머니 손

북서풍 바람받이 솔숲도 울다 잠들고
뒤뜰의 대추나무 배나무 감나무들
드르륵 드르륵 울던 문풍지도 잠 들이는

내 손이 약손이 다아
내 손이 약손이 다아

더러 닭 모이 주듯 주시는
벽장 속 조청이나 과상이 더 먹고 싶어
꾀병을 앓을 때는
소나무껍질처럼 껄끄럽던 손

여름철 토사곽란
열을 펄펄 끓이는 객귀客鬼도

냉수 한 바가지 떠서
시퍼런 칼 물을 먹여 물리시던

내 손이 약손이 다아
내 손이 약손이 다아

길 가는 사람들

노을빛 하늘이 들여다보는
창문 하나인 방 한 칸을
질질 끌며 李 箱이 가고 있다.
제멋대로 생긴 새끼들이
생쥐들처럼 졸졸 따라가고,
갓을 잡은 붉은 손
눈보라 길을 모잽이 걸음으로
무명 두루마기 펄럭펄럭
아베가 가고 있다.
땅이 울림통을 딩딩 울리는
바이올린 연주를 들으면서
가고 있는 백 남준,
그의 허리를 묶은 새끼줄
文章 또는 아베의 논둑길을
아들이 유유히 가고 있다.
팡세 파랑새 파스칼도 모르는
젊은이들은 게임기 핸드폰
만화 DMB에 코를 처박고
ㅋㅋㅋ ㅎㅎㅎ 가고 있다.

소싸움

앞다리를 좁히고 뒷다리를 벌려
버티면서 상대를 노려보는 번쩍이는 통방울눈
이 중섭의 소들이 맞서 싸운다, 한가윗날
풍물놀이 구경하듯 온 고을이 쏟아져 나와서
맹우 뿔 쳐라, 검둥이 밀쳐라, 와와 기를 돋우고
응원에 열을 올리며 장정들 씨름판보다 더 신나한
다.
뿔과 칼로 소와 인간이 벌이는 목숨을 건 싸움
그 잔인하고 불공정한 싸움과 다른 전통의 민속놀이
침략자들의 억압 때도 소싸움으로 흥을 돋우고
힘을 하나로 뭉쳐 적과 싸우던 민족혼이 담긴 소싸
움
명칭이 싸움이지 피 흘림이 없이 뿔과 뿔로 겨루는
소들의 장사 '씨름'이라 할 것이다,
황소 같은 힘과 기백으로 싸워서 적들을 물리쳐온
온 백성이 즐기는 장사씨름보다 더 짜릿한
흥분의 소싸움은 영원하리라.

상모돌리기

돌아간다, 돌아간다, 빙빙 돌아간다
하늘이 돌아가고 지구가 돌아가고
일렁일렁 물결치듯 부드럽게 돌아간다
우주 속의 옥구슬 지구가 돌아가듯
부드럽게 커다랗게 살아 도는 둥굴레
빙글빙글 돌아간다, 세상이 돌아간다
떨어지는 제 바람에 폭포수 날리듯
환희와 슬픔의 눈물도 빛을 뿌리면서
까딱까딱 목과 머리를 돌릴 때마다
쉭쉭 신나게 이 한 세상이 돌아간다
꽹과리 징 장구 북들아 빙빙 돌며
모잽이로 뛰는 소고꾼들아 우리 함께
세상일 다 잊고 한 마당 놀아보자
상모가 풀어내는 한 세월 인생 설화들
온 고을이 한 몸처럼 한데 어우러져
치고 뛰고 돌리며 신나게 놀아보자
고깔모자에 작은 상모들을 돌리고
마당 가운데 큰 상모가 돌리는 세상
온 고을 백성의 삶이 둥굴레 하나로
돌아간다, 돌아간다, 빙빙 돌아간다

길가에서 파는 떡

나는 더러 길가에서 파는 떡을 사 먹네.
집에 돌아와 그 말을 하며 식사를 않거나
조금밖에 먹지 않으면, 아내는
얼굴을 찡그리면서 말하네.
오가는 사람들의 발길 먼지가 다 앉았을
그걸 어떻게 사먹을 수 있느냐고,
다른 것은 다 깔끔하고 깨끗한 양반이
그걸 사먹다니 이해가 안 된다며 혀를 차네.
그러나 족히 예순을 넘은 듯한
떡장수 아주머니가 지하철 출입구 계단 아래서
쭈그리고 앉아 비닐을 씌운 떡 대야를
물색없이 내려다보다가 행인을 쳐다보는 눈빛에
나는 포로가 되어 손 내밀고 떡을 사네.
아내 말대로 떡집보다 비위생적일지 모르나
집에서 미리 작은 비닐봉지에 싸온 듯
최선의 위생 상태로 팔고 있었음을 강조한
나는 떡이 아주 맛있었다고 말하고,
어둔 방에 불 켜지듯 환해지던 얼굴 떠올리며
나는 말하네, 출출한 때의 요기로
길가에서 파는 흰 인절미는 훌륭하다고.

이모네 밥집

서울의 을지로에는 부자들이 모르는
작은 웅달샘 같은 <이모네 밥집>이 있네.
인쇄소 편집실 종잇집 여러 상가 근로자들
그밖에 지갑이 얇은 나 같은 글쟁이들도
1만원이 넘는 정식 밥값의 절반이 못되는
4천5백 원으로 가장 비싼 제육볶음 등으로
맛있게 배불리 먹여주네, 그 밥집은.
어둑한 주방 조리사는 일흔쯤의 할머니
점심시간엔 허리 펼 틈노 없어 뵈고
객실 아주머니는 누구네 이모인지 모르지만
덩치 큰 젊은 노동자에겐 밥을 식기에
고봉으로 담아주어 보기에도 흐뭇하네.
종종 들르는 내 밥은 적게 담아오나
피로회복을 위해 내가 좋아하는 풋고추를
보통의 갑절인 4개를 으레 담아오네.
젊은이들이 이모라 부르는 주인아주머니의
기름이 흐르는 밥과 손수 담그는 김치 맛,
서울의 밑바닥에서 솟는 인정의 웅달샘
<이모네 밥집>은 정말 이모 집 같네.

강경 육젓

공짜관광버스에 오른 노인들처럼
짠맛이 단맛 나게 숙성한 강경 육젓
어느 폐광, 그 어둠을 다 잊었다며
연분홍색 고운 때깔로 팔려나가더라.
사슴농장 제약회사로 실려 다니며
강매에 가까운 선전에 상품들을 사는
장수를 바라는 아이 같은 노인네,
검은 판자들이 떨어져나간 바람벽에
흙살 새끼줄이 드러난 소금창고
화려했던 세월을 회상하며 서 있더라.
죽은 지 오랜 듯한 금강호, 옥녀호
어선들이 미라처럼 잠들어 있는 강둑
파란 풀밭과 하늘을 배경으로
새빨갛게 핀 칸나 꽃 같은 사람들은
춤을 추며 현재를 노래하고,
달콤 짭짤하게 새우를 삭히는 세월은
하구언에 갇힌 금강의 추억처럼
소금창고를 조금씩 허물고 있더라.

등불의 영지領地

서녘 하늘이 눈을 감으면
산새들 나무들도 잠이 든다.

잠든 저들을 흔들어 보면서
바람은 가만가만 어둠을 펴고

동굴 속의 박쥐, 살쾡이 따위
하늘을 날고 들판에서 춤을 춘다.

말할 수 없는 이 땅의 어둠을
별들은 눈물 짓고 몸서리를 치고

그러나 보아라, 눈을 뜨는 동녘 하늘
설레어, 설레어 흐르는 새벽 강물

어둠이 점령치 못하는 등불의 영지
시인은 별처럼 뜬눈으로 지샌다.

고동골 할베

검정 고무신에 겨울에도 닭발처럼
붉은 맨발로 고동골 할베는
윗마을 아랫마을 아들네 집 고샅을
오르내리고 있었다.
보국대로 끌려갔다가 돌아온 뒤부터
밀가루 포대나 헌 책장 같은
가난으로 말아 피운 삼잎 담배
아무도 정죄하지 않는 그 대마초 기운에
정신 나간 듯 혼자 중얼거리며
중얼거리다가 때로는 고함도 치지만
눈빛은 늘 노리끼리 몽롱했다.
이가 다 빠진 입을 늘 오물거리며
동네 사람들이 모르는 마약 기운에 취해
볼이 발그레한 소년 같은 할베
혹사당하던 악몽에 시달리며 살다가
가을 하늘 아득한 미루나무 꼭대기
까치집이 몹시 흔들리던 날
그 노란 낙엽들에 붉은 손발을 묻고
커다란 한 낙엽처럼 잠이 드셨다.

남풍

남풍이 불어오는 아침 시골집에서 보내온
오디 주스를 마시려니까 갑자기
금방 전쟁이 다시 터질 듯한 휴전의 한반도
옛 전쟁의 빛바랜 사진 같은 추억 하나 떠올랐네.
이글거리는 햇볕 열기와 요란한 여치 소리로
보리들이 더운 바람에 일렁거리면서
누렇게 익어가고 있을 때였네.
유엔군의 비행기들이 쌩- 날아들자
행군하던 공산군들이 보리밭으로 뛰어드는데
드르륵 소리와 함께 몇 사람이 쓰러졌네.
공포에 질려버린 한 소년이 쥐고 있는 오디들도
숨이 막혀 더 새까맣게 되어 갔겠지만,
죽은 듯이 뽕나무 밑에 엎드린 그 소년에겐
토굴을 막아선 언덕에게 감사했네.
귀청을 찢는 비행기 소리 총소리에 상관없이
오디를 파먹는 까만 개미들을 볼 때
개미처럼 까매지면 어쩌나 두렵기도 했지만
죽음의 전쟁을 모르는 그들이 부러웠네.
다시 요란해진 여치 소리에 적군이 사라진 걸 알고
그도 다시 열심히 오디를 따기 시작했네.
마침내 불룩해진 호주머니를 잡고

오디처럼 까만 눈을 반짝이면서 뛰어 돌아와
그를 맞는 엄마와 함께 오디를 먹었네.
그가 엄마 입언저리부터 얼굴에 오디를 문지르자
엄마도 소년에게 그렇게 하면서 오랜만에
서로 얼굴을 바라보며 이를 드러내고 깔깔 웃었네.
그 커다란 입으로 껄껄 따라 웃는 토굴
눅눅하고 어둑한 굴속이지만 그들은 전쟁을 잊고
가난 속 최고의 먹을거리 오디로 행복했네.
더운 남풍이 불어오는 걸 보면, 지금 그의 고향은
검은 오디와 함께 보리가 누렇게 익고 있겠네.

*한국전쟁(1950. 6. 25.~1953. 7. 27.)은 지금 휴전 중임.

바다에 가면

물과 물로 만나리.
산줄기와 산줄기 사이
만나지 못한 돌과 돌
나무와 나무들의 슬픔이
빗방울이 되고 강물이 되어
알몸과 알몸으로 만나리.
천둥과 번갯불의 폭우처럼
신열에 떠는 고통의 헛소리들
꺾이고 뒤틀리는 골짝을 지나면
조용히 열리는 들판의 평온
울음은 삭아서 노래가 되리.
땅 속 깊이 가두지 못한
어둠이 삼켜버린 세상의 빛
아침 바다에 가면
너를 만나리.
떠오르는 해 덩이로
너를 만나리.

눈물의 강제 이별

도살할 소 돼지를 채찍으로 몰아 태우듯
중국공안 놈들이 체포한 탈북난민들을 차에 태울 때
임신 8개월의 언니와 형부가 눈물로 부르짖으며
끌려가지 않으려고 몸부림치는 모습에
간밤에 내 가슴을 더듬던 저 공안 놈의 팔을
좀 더 힘껏 물어뜯어주지 않은 걸 후회하고 있었다.
캄캄한 밤을 지나 수비대 앞에 이르렀을 때
형부와 그 가슴에 얼굴을 묻고 우는 언니
놈들은 두 사람을 신발의 껌을 떼어내듯이
팔을 잡아 비틀며 그 함지박을 엎어놓은 듯이 부른
배를 걷어차며 강제로 떼어놓았다.
놀란 뱃속의 아기도 눈물을 보태는지 남편과 헤어진
언니는 여자감방에 와서도 계속 눈물을 흘리며
며칠째 아무것도 먹지 않은 창백한 얼굴로
창문너머 중국 쪽을 바라보며 흐느끼고 서 있었다.
인신매매에 성도구나 무임 노동자로 착취하고
협박 끝에 공안에 넘겨 강제 북송하는 중국인들
인류의 인도주의와 자유를 갈망하는 양심의 물음에
뭐라 대답하고 있는지 참으로 궁금하네.

재가 될 위기에

우리는 독재자의 손끝에 목숨을 맡긴 채
처형 차례를 기다리는 사형수들처럼
핵폭탄 불세례만을 기다리고 있어야 하나.
독재자에게 핵과 미사일 개발자금을 대주어
한 방에 수백만 명이 재가 될 위기에
권력을 강탈한 무리에게 덜미 잡힌 국민들,
핵위협에 핵으로 맞서야 전쟁을 막고
국민 불안을 잠재울 수 있음을 어찌 모르나.
미국, 일본은 이 땅에서 자국민을
안전히 빼가려는데, 우리는 또 전쟁으로
무엇 주고 뺨 맞는다는 속담대로
우리 돈으로 개발한 핵폭탄에 죽어야 하나.
피땀으로 발전시킨 나라를 전쟁으로
이반과 다른 가짜 이반의 무대책 때문에
속절없이 재가 되기만 기다려야 하나.
반년 안에 핵폭탄을 만들 수 있다는데도
어리석은 지도자들 때문에 이 백성은
4백만을 죽인 삼대 독재자에게 죽어야 하나.
바보 지도자와 그 졸개들 때문에

공산독재자에게 도살장의 짐승들처럼
우리의 목숨을 제물로 무참히 바쳐야 하나.

설날 아침에

흩어져 살던 가족들이 오랜만에 함께
기쁘게 예배를 드리고
세뱃돈을 받는 아이들 얼굴과
축복하는 얼굴에도 웃음꽃이 피었다.
상다리가 휘게 차린
설음식으로 포식을 한 다음
뉴질랜드 산 녹차 아이스크림을 먹으며
편윷놀이를 하고 있을 때
굶주린 북한 동포들의 모습이 눈에 어른거렸다.
미국을 향해 미사일 날리려는
미친 살인독재자의 손가락질 한번에
불바다에 재가 될 서울
시민들은 아이스크림 같은 행복
위험하기 짝이 없는 평화를 즐기고 있다.
봄은 아직 먼데, 미리 꽃핀 영산홍
난초 선인장 꽃들 곁에서
나는 무력하고 죄스러운 시민으로
아이스크림 대신 봄을 불러올
햇살을 설탕처럼 섞어 쓴 커피를 마신다,

작품 평설

시어의 본질에 기초한 '좋은' 서정시의 탐구

- 이미지, 리듬, 의미의 조화

신 규호 (시인 · 문학박사)

시어의 본질에 기초한 '좋은' 서정시의 탐구
-이미지, 리듬, 의미의 조화
신 규호 (시인·문학박사)

1.

최 진연 시인은 50여 년의 시력을 지닌 한국시단의 중견시인이다. 지난 날 최 시인의 창작과정을 일별하건대, 과거에는 주로 서정과 신앙심이 넘치는 시에 주력하였지만, 시적 실험도 꾸준히 시도하면서 현대시의 경계를 넓히고자 힘써 왔음이 확인된다. 그럼에도 불구하고, 최 시인이 인생 후반에 이르러 나이브한 서정적 작품들을 한 권의 시집으로 펴내는 이유가 나변에 있는가? 그 까닭을 '시인의 말'에서 찾을 수 있을 것이다. 그 글에서 최 시인은 '실험 시'와 '좋은 시'는 본질적으로 거의 무관한 듯하다"고 조심스레 말하고 있다.

그렇다면, 최 시인이 말하는 '좋은 시'란 어떤 시인가. 그는, "좋은 시란 시가 갖는 사상성思想性과 그것을 이미지로 형상화한 회화성繪畵性, 그것들을 음악적 미감을 살려 배치한 음악성音樂性이 조화를 이룬 작품"이라고 한다. 그는 덧붙여서 "이것을 도식화圖式化한다면, 위의 세 요소를 정삼각형의 세 꼭짓점에 하나씩 놓았을 때, 그 등거리의 중심에 놓인 작품이 '좋은 시'라 생각해 왔다. 말하자면 이것이 나의 시론이다."라고 단언한다. 이로 미루어 보건대, 최 시인은 지난날 독자와의 소통을 뒤로 미루고, 본격 현대시 개척을 위해 집중해 왔던 난

해한 '실험 시'에 관하여 일말의 회의를 느끼게 된 것이
아닌가, 짐작할 수 있다. 그 결과, '실험 시'의 수련에서
체득한 언어 구사에서 난해성을 제거하고, 그것을 서정
적 리듬과 새로운 의미를 지닌 이미지로 되살린다면, 소
통이 가능한 서정적 '좋은 시'를 창작할 수 있을 것이라
판단한 것 같다. 여기서 우리는 '서정시'의 일반적 특징
이 무엇인지 알아볼 필요가 있다.

본디 '서정시'는 일반적으로 정서의 표현이라는 인간의
근본욕구를 만족시킬 뿐만 아니라, 정서에 어울리는 '형
식'을 마련함으로써, 표현하고자 하는 감정을 아름답고
도 의미 있게 해 주므로, 독자에게 가장 친근한 문학 장
르이다. 포우의 말과 같이, '시는 아름다움을 리듬으로
창조하는 것'인 바, 이 경우 서정시의 '아름다움'에도 여
러 종류가 있으니, 슬픔에 바탕을 둔 비애미나, 기품
있는 우아미, 영웅 서사시의 장엄미, 풍자시의 골계미
등이 그것이라 하겠다. 그 중에서도 근대적 서정시의 미
의식은 대체로 비애미나 우아미, 골계미를 바탕으로 창
작되었던 바, 시의 주조가 어느 종류의 '미'에 바탕을 두
고 표현되느냐에 따라 시세계가 달라지는데, 이는 주로
시인 자신의 체험과 기질에 기인한다고 할 수 있다. 이
지점에서, 지난 날 최 시인이 살아오며 겪은 환경적 체
험과 그의 사상이나 신앙적 생활은 어떠했는지 알아볼
필요가 있다.

최 진연 시인은 젊은 시절 교육계에 종사하면서 어린
학생들을 가르쳐 왔으며, 그 후 개신교 목사로서 매우
신실한 신앙시인으로 살아왔다. 이로 미루어보건대, 최
시인은 신앙적 분위기나 교육자와 관계가 깊은 우아한
정서와, 부조리하고 모순적인 현실에 관한 비애나 풍자

적 골계미와 관련이 깊었을 것이라 생각된다. 이러한 점이 그의 서정적 작품 고찰에 참고가 될 것으로 보인다.

최 시인이 이번 시집에 실린 작품을 서정의 내용에 따라 크게 3등분하고 있다는 점이다. 제1부에서는 '자연 서정'을, 제2부에서는 '추상 서정'을, 제3부에서는 '생활 서정'을 노래한 작품들로 구성하고 있다.

필자는 최 시인의 실험 시적 경향과 관련이 깊다고 생각되는 '추상 서정'에 관련된 제2부의 작품을 시작으로 해서, 다음 제3부의 '생활 서정'을 노래한 작품을, 마지막으로 제1부의 '자연 서정'의 작품 순으로 언급해 보는 것이 적절할 것이라고 생각한다. 최 시인의 견해에 따라서, 한 쪽에 난해한 '실험 시'를 놓고, 그 반대편에 소통이 가능한 서정적 '좋은 시'를 배치해 볼 때, 서정의 변화도 '추상 서정' --> '생활 서정' --> '자연 서정'의 과정으로 보는 것이 정서적 변모의 모습을 이해하는 데 도움이 된다고 생각하기 때문이다.

2.

최 시인의 실험 시적 체험이 보다 직접적으로 영향이 깊었을 것이라고 보는 '추상 서정'에 해당하는 제2부의 목차를 보면, 서정의 내용이 추상적이고 환상적인 작품들이 중심을 이루고 있다. 작품의 제목만 보아도 그 점이 확인되는 바, 예를 들면 「해와 시계」, 「거울」, 「바람의 눈」, 「그래픽」, 「그림 속의 피리소리」, 「새의 죽음」, 「환상 여행」의 시편들이 그것이다. 그 가운데 시 「거울」을 먼저 인용해 본다.

눈물을 비추는 거울을 본다.

웃음도 잘 비추는
나는 나의 거울이 되고
너도 나의 거울이 되나니
거울 앞에서
함부로 웃고 찡그리는 사람아
가끔 서풍이 불어오는 날
얼굴 속 계단을 가만가만 내려가
어두컴컴한 창고에서 만나는
탈들을 꺼내 써보는가.
눈물도 웃음도 잘 비추는
내가 나의 거울이 되는 저녁
너도 나의 거울이 되나니
바람에 박살나는 물거울
속을 훤히 드러내 보이면서
시쳇말로 표정관리를 잘하는
손오공 같은 사람아
서풍 부는 날 네가 두려워라.

-시 「거울」 전문

주지하다시피, 정서를 시적 형식으로 표현하는 대표적
방법으로 T.S 엘리엇은 '객관적 상관물(objective
correlative)'을 제시한다. '객관적 상관물'이란 특정한 정
서를 위한 처방이 되는 대상이나 상황, 사건을 가리키
며, 이는 외적 상황이 주어지면 대응되는 정서를 환기시
키는 그런 것이다. 현대시에서 흔히 시인의 '내면적 성
찰'이나 '초현실적 자아'의 표현수단인 객관적 상관물로
'거울'은 원용된다. 이상 김해경의 '거울'이 후자의 경우
에 해당한다고 볼 수 있지만, 위의 시에 표현되고 있는
최 시인의 거울은 일차적 인지상태라 할 수 있는 전자에

가깝다고 느껴진다. 서정적 자아를 중심으로 볼 때, 거울은 자아를 사실적으로 비춰 주는 객체이면서 동시에 주체의 양면성을 지닌 존재라 하겠다.

그렇다면, 최 시인의 '거울'은 어떤 거울인 것인가. 전반부에서 서정적 자아는, 거울에 비친 자신의 모습에서 삶에 대하여 '눈물'과 '웃음'이란 긍정과 부정, 양극의 정서를 비추어 주는 객관적 대상이 된다고 술회하고 있다. "나는 나의 거울이 되고 / 너도 나의 거울이 되므로", 세상이란 거울을 대할 때 '함부로 웃고 찡그리는' 불완전한 자아의 일관성 없는 모습을 성찰하게 된다. '나는 나의 거울이 된다'는 서정적 자아의 모습을 관찰하는 주체로서의 분신을 가리킨다면, 반대로 '너도 나의 거울이 된다'에서는 역으로 주체가 된 세상이 자아를 객관화해서 비춰주는(영향을 끼치는) 대상임을 동시에 가리킨다. 이 양면적 영향관계가 서정적 자아의 인지상태를 형성하고 있음을 최 시인은 '거울'이란 객관적 상관물을 통하여 표현하고 있는 것이다. 곧, 이 시의 서정적 자아는 상대에게 스스로를 비춰주는 '주체로서의 거울'이면서 동시에 자아가 객관적 타자에게 수동적으로 비쳐지는 존재임을 의미한다고 하겠다.

후반부에 이르러 "얼굴 속 계단을 가만가만 내려가 / 어두컴컴한 창고에서 만나는 / 탈들을 꺼내 써 보는가." 하고 진정한 자아가 아닌 가면을 쓴 현실적 자아의 두 모습을 한탄하게 되기도 한다. 이 경우 직접적으로 삶의 현장에서 '나'와 연관성이 있는 관계로서의 구체적 대상인 '너'가 거울 대신 등장하여 내 모습을 받아들이게 되고, "눈물도 웃음도 잘 비추는 / 내가 나의 거울이 되는 저녁 / 너도 나의 거울이 되는" 상관관계임을 깨닫게 된다. 하지만, 이 관계는 "바람에 박살나는 물거울 / 속을 훤히 드러내 보이면서 / 시쳇말로 표정관리를 잘한다는 / 손오공 같은 사람"에 불과함을 직설적으로 실토하게 된다. 대상과 '나'와의 관계에서 상호간에 비치는 자아의 모습은 결국 수시로 흔들리는 '물거울'에 비친 허상이며, 그것이 '서풍 부는 날', 결국 바람에 흩어지는 가상의 모습일 뿐임을 깨닫게 된다. 실험 시가 추구하는 바, 일상적 구문을 파괴하는 표현의 난해함을 극복하고 서정적으로 표현함으로써, 보다 소통이 가능하게 하고 있음을 알 수 있다. 난해 시적 표현을 벗어나면서도 그것을 소통이 가능한 서정시로 변혁하는 길이 최 시인이 말하는 '좋은 시'로 가는 일차적 길임을 증언해주고 있음이다.

위에서와 같은 자아의 실상은 다음 작품에서 다시 '어둠에 묻혀 있는 존재'로 치환되어 나타나기도 한다.

어둠에 묻혀 볼 수 없던 집의
창문에서 나오는 불빛
그 집이 거기 있음을 알려주는
빛은 존재의 상징이네.
곁에 있어도 알 수 없던 그 집
불이 켜졌을 때 창문은
사람이 살아 있음을 알려주는
눈빛과 같네.
밖으로 내비치는 불빛은
그 집의 존재를 알려주는 깃발
어둠 속을 헤매다 지친
나그네가 찾아들게 하는 큰 힘
안식을 약속하는
빛은 삶의 희망이고 생명이네.

　도대체 '나'와 사물에게 '존재'란 무엇인가, 하는 지난한 질문에 답하기 위하여 이 시는 어둠과 빛이라는 두 가지 소재를 사용해서 그 의미를 깨닫게 한다. 일단 빛이 없을 때 어둠 속 사물의 존재는 드러나지 않는 '無' 자체이다. 일차적으로, 인간의 오감 가운데 '시각'이야말로 사물의 존재를 확인할 수 있게 해 주는 대표적 감각이기 때문이며, 또한 시각의 기능을 가능하게 해 주는 것이 빛이기 때문이다. 그래서 시인은 '빛은 존재의 상징'이라고 진술한다. 앞의 시에서 거울이 '나'라는 주체적 존재를 인식할 수 있게 해 주는 객관적 상관물임에 비해, 이 작품에서는 '빛'이 그 역할을 대신하고 있음이다. 일차적으로 자아라는 존재의 실상은 어둠에 묻혀 있듯 인식하기 어렵기에 미혹의 상태이지만, 존재를 존재로 인식하게 하는 '빛'인 인지기능(이성)이라는 '거울'에 비침으로써, 객체의 모습으로 드러나 비로소 존재를 인식하게 된다. 그 이전에는 '어둠에 묻혀 있어 볼 수 없는 집'처럼 자아의 실상을 지각할 수 없지만, '불빛'에 의해 집의 존재가 나타나듯이, 비로소 자아란 존재를 깨닫게 된다.

　빛은 어둠이 있어야 기능할 수 있다고 볼 때, 이 작품에서 빛과 어둠은 상호간에 존재를 확인시켜 주는 역할을 한다. 빛이 있기 이전에 모든 존재는 인식할 수 없는 '암흑 상태'임을 증언해 준다. 어둠, 곧 잠에서 깨어나 눈을 뜨는 순간, 시선은 먼저 밖의 객관적 대상을 향하게 되고, 그에 따라 주체로서 자아를 인식하기 이전에 객체인 사물의 존재를 인지하게 된다. 그러므로 존재를 찾아 '어둠 속을 헤매다 지친' 나그네인 자아에게 '빛은

삶의 희망이고 생명'이다. 즉 "밖으로 내비치는 불빛은 /
그 집의 존재를 알려주는 깃발"인 것이다. 그렇다면 이
시에서 '어둠'은 무엇이며 '빛'은 무엇을 의미하는가.
'어둠 속 사물들은 존재'일 수 없다. 무엇이 인간으로
하여금 사물들의 존재를 확인시켜 주는가. 말 그대로 암
흑 상태인 부재(不在)를 존재로 인식하게 하는 것은 '언
어'이므로 빛은 곧 언어라 할 수 있다. 언어가 없는 어
둠 속에서는 주체인 '나'와 객체인 '너'도 존재할 수 없으
므로, 언어 이전, 표현 이전의 어둠인 '침묵'에 불과하
다. 어느 철학자의 말처럼 인간이 사물에 이름 지어서
사용하는 언어가 '존재의 집'이므로, 언어인 '빛'에 의해
주체인 '나'와 객체인 '너'의 존재를 인식시켜 어둠 속
'침묵'을 깨어 나타나게 한다. 그러므로, 인간으로 하여
금 '존재'를 확인시켜 주는 '언어'가 곧 '빛'임을 알 수 있
다. 다음 작품에서와 같이 최 시인이 '언어'와 '존재'의
관계에 관심을 갖게 되는 것은 당연한 순서라 하겠다.

한 낱말이 구문 속에 박히는 그 이후의
마지막 신음소리를 떠올리면서
나는 속에서 소다수처럼 끓어오르는
무수한 하얀 기포들을 보았네.
햇살 설핏하고 어슬어슬한 시간
아우라지 강물과 바람, 산과 나무들
내가 그들과 속삭인 것은
감정인지 의미인지,
그때 강물에 부서지는 빛살 같은
언어 이전의 황홀한 반짝임을 보았네.
간수 지른 콩물의 엉김 같은
입 밖으로 나오지 못한 생명체들

감정도 사상도 아닌 무수한 옹알이들
손발을 내젓는 젖먹이의 환희,
내 감성이 영감으로 수태한 태아들
출생하는 순간의 환희 속에 눈을 감는
산란한 연어 같은 언어의 주검을 보았네.
　　　　　　　　　－시 「정선에서」 전문

　'언어의 죽음'이라는 부제가 붙은 이 작품에서 최 진연 시인은 존재의 의미를 언어와 연관하여 밝혀 보려 시도한다. 도대체 언어란 무엇인가, 언어와 존재는 어떤 관계인가 하는, 존재와 관련된 본질적 질문이 뒤따라 제기됨은 당연한 순리이다. 무수한 동물 가운데 유일하게 언어를 사용하는 인간에게 언어는 가장 위대한(?) 수단이 아닐 수 없다. 언어를 사용함으로써, 인공적 문명과 문화를 창조한 인류에게 언어는 불완전함에도 불구하고 일단 '위대한 재화'임에 틀림없다. 하지만, 언어구조물인 '구문'을 구성하고 있는 문맥 속의 낱말은 절대적이지 못하고 상대적 존재임을 최 시인은 깨닫는다. 그래서 "한 낱말이 구문 속에 박히는 그 이후의 / 마지막 신음소리를 떠올리면서 / 나는 속에서 소다수처럼 끓어오르는 / 무수한 하얀 기포들을" 보게 된다. 구문 속에 박혀 있는 낱말은 다양하게 변용될 수 있는 상대적 존재이기에 실험시를 추구해 온 시인에게 그것은 언제나 '마지막 신음소리를 내는' 것일 뿐이다. 그 까닭은 "햇살 설핏하고 어슬어슬한 시간 / 아우라지 강물과 바람, 산과 나무들 / 내가 그들과 속삭인 것은 / 감정인지 의미인지, / 그때 강물에 부서지는 빛살 같은 / 언어 이전의 황홀한 반짝임을 보았기" 때문이다. 존재를 존재이게 하는 언어의 기능에도 불구하고 '언어 이전의 황홀한 반짝임'을 발견할 수 있었기 때문에 구문 속 언어가 불완전함을 깨닫는다.

　이처럼 최 시인에게 일상적 언어인 '구문(構文)'은 항상 상대적 구조물에 불과하므로, 언어 이전의 생생한 느낌을 표현하기에 불완전할 수밖에 없다. 이 서정시에 의해 지난 날 최 시인의 실험 의식이 완전히 소멸하지 않고 소통이 가능하게 지속되어 온 까닭을 알 수 있게 해 주는 대목인 것이다. 구문 가운데 위치한 채, '소다수처럼 끓어오르는' 낱말들의 상대적 의미를 생동감 있는 언어로 대체할 때, 새로 태어나는 생명력인 '옹아리, 젖먹이의 환희, 새로 수태한 아이'와 같은 서정적 '새 존재'가 태어남으로 말미암아 비로소 '일상적 언어의 주검'을 체득할 수 있었다. 지난한 시적 실험의식이 가져오는 신선한 언어의 탄생과 낡은 언어의 죽음을 경험한 최 시인의 고백을 소통이 가능한 서정시로 표현한 작품이다. '추상 서정'에 해당하는 위의 작품군에서 과거에 최 시인이 실험시에 몰두했던 생생한 경험이 소통이 가능한 아름다운 서정시로 재탄생한 실상을 확인할 수 있다. 최 시인이 말하는 '좋은 시'의 형태가 바로 이렇게 창작된 제2의 서정시라고 할 수 있는 이유이다.

　이러한 최 시인의 의도가 제3부인 '생활 서정'에 속한 작품군에서는 해학적, 풍자적 묘사를 지닌 서정시로 표현되고 있음을 발견할 수 있다.

　　공짜관광버스에 오른 노인들처럼
　　짠맛이 단맛 나게 숙성한 강경 육젓
　　어느 폐광, 그 어둠을 다 잊었다며
　　연분홍색 고운 때깔로 팔려나가더라.

사슴농장 제약회사로 실려 다니며
강매에 가까운 선전에 상품들을 사는
장수를 바라는 아이 같은 노인네,
검은 판자들이 떨어져나간 바람벽에
흙살 새끼줄이 드러난 소금창고
화려했던 세월을 회상하며 서 있더라.
죽은 지 오랜 듯한 금강호, 옥녀호
어선들이 미라처럼 잠들어 있는 강둑
파란 풀밭과 하늘을 배경으로
새빨갛게 핀 칸나 꽃 같은 사람들은
춤을 추며 현재를 노래하고,
달콤 짭짤하게 새우를 삭히는 세월은
하구언에 갇힌 금강의 추억처럼
소금창고를 조금씩 허물고 있더라.
　　　　　　－시「강경 육젓」전문

　여러 거지 젓갈 중에서도 맛이 좋기로 유명한 '강경 육
젓'을 구하러 찾아간 노인들의 정경을 묘사한 이 작품
은, 서정적 자아가 직접 시장이란 생활 현장에서 느낀
바를 묘사하고 있어서, 읽는 이로 하여금 흥을 돋우게
한다. 특히, 과거적 체험이 젓갈처럼 곰삭은 노인들의
모습이 시어의 리드미컬한 배치가 불러일으키는 음악적
요소로 인해, 젓갈처럼 입안에서 살아 움직여 독특한 미
감을 느끼게 한다. "공짜관광버스에 오른 노인들처럼 /
짠맛이 단맛 나게 숙성한 강경 육젓"이란 비유는 매우
유니크 하며, 갖가지 회상을 불러일으킴으로써, 은근히
미소를 짓게 한다. 더구나, 노인들에게 장사꾼이 제공하
는 '공짜관광버스'를 타고 끌려 다니면서 흔히 경험하는,
"강매에 가까운 선전에 상품들을 사는 / 장수를 바라는

아이 같은 노인네"를 연상하면, 웃음이 절로 난다. 장사
꾼의 속임수에 아이처럼 속아 넘어가기 십상인, 생활 속
노인들의 어수룩한 모습이 떠올라 시니컬한 풍자를 느끼
게도 한다. 그래도 "새빨갛게 핀 칸나 꽃 같은 사람들은
/ 춤을 추며 현재를 노래하고, / 달콤 짭짤하게 새우를
삭히는 세월"로 받아들이는 장터의 풍경이 살갑게 느껴
져서 부정적 감정보다 풍자적 묘미와 함께 해학적 정감
으로 받아들이게 해 주는 매력을 지닌 작품이다. 이러한
노인의 모습은 다음 작품으로 이어지면서, 온갖 풍상을
다 겪고 난 어린아이같이 순진스러워진 생활 속 노인의
진면목으로 표현되고 있다.

검정 고무신에 겨울에도 닭발처럼
붉은 맨발로 고동골 할베는
윗마을 아랫마을 아들네 집 고샅을
오르내리고 있었다.
보국대로 끌려갔다가 돌아온 뒤부터
밀가루 포대나 헌 책장 같은
가난으로 말아 피운 삼잎 담배
아무도 정죄하지 않는 그 대마초 기운에
정신 나간 듯 혼자 중얼거리며
중얼거리다가 때로는 고함도 치고
눈빛은 늘 노리끼리 몽롱했다.
이가 다 빠진 입을 늘 오물거리며
동네 사람들이 모르는 마약 기운에 취해
볼이 발그레한 소년 같은 할베
아물아물 환상악몽에 시달리며 살다가
가을 하늘 아득한 미루나무 꼭대기
까치집이 몹시 흔들리던 날

그 낙엽에 붉은 손발을 묻고
커다란 한 낙엽처럼 잠이 드셨다.
　　　-시 「고동골 할베」전문

지난 날 농사를 지으며 마을을 이루고 살 때, 주변에서
흔히 볼 수 있었던 여느 노인의 모습을 사실적으로 표현
하고 있다. 마치, 인상파 화가의 어느 그림 가운데 등장
하는 노인처럼 그 풍자적 묘사가 아주 여실하여 묘한 웃
음을 머금게 한다. 더구나, "검정 고무신에 겨울에도 닭
발처럼 / 붉은 맨발로 고동골 할베는 / 윗마을 아랫마을
아들네 집 고샅을 / 오르내리고 있다"는 실감 있는 여실
한 표현은 이 작품의 중심 기교인 잘 된 '회화적 이미지'
를 살려 줌으로써, 최 시인이 추구하는 '좋은 서정시'의
한 전형을 이룬다.

그러면서도 "보국대에 끌려갔다가 돌아온"이라든지, "밀
가루 포대나 헌 책장 같은" 구절에서는 지난 날 일제치
하에서 겪었던 노인 세대의 아픈 체험과 함께, 밀가루
원조를 받아 연명했던 가난했던 시절이 얼비쳐 떠올라
구세대의 아픈 과거사를 상기하게 되어, 중후한 주제의
식의 무게감을 느끼게 한다. 다른 한 편으로 "가난으로
말아 피운 삼잎 담배 / 아무도 정죄하지 않는 그 대마초
기운에" 취하면서도 아무 죄의식 없는 때 묻지 않은 소
년처럼 살았던 할베. 이처럼 시대적 역경에 시달리며 평
생을 살아 온 천진한 '고동골 할베'는 "아물아물 환상악
몽에 시달리며 살다가" 한 많은 생을 마쳤던 우리 모두
의 할아버지 세대 이야기라, 이 나라 역사의 아픈 기억
이 가슴을 울린다. 그러면서도 비애를 익살로 승화시킴
으로써, 소통이 가능한 서정적 기교가 돋보인다.

서녘 하늘이 눈을 감으면
산새들 나무들도 잠이 든다.

잠든 저들을 흔들어 보면서
바람은 가만가만 어둠을 펴고

동굴 속의 박쥐, 살쾡이 따위
하늘을 날고 들판에서 춤을 춘다.

말할 수 없는 이 땅의 어둠을
별들은 눈물 짓고 몸서리를 치고

그러나 보아라, 눈을 뜨는 동녘 하늘
설레어, 설레어 흐르는 새벽 강물

어둠이 점령치 못하는 등불의 영지
시인은 별처럼 뜬눈으로 지샌다.
　　　　　-시「등불의 영지領地」전문

　이 시의 배경은 '어둠'이며 '어둠 이미지'가 전체를 지배
하고 있다. '서녘 하늘이 눈을 감아' '산새들도 나무들도
잠이 들었다'는 구절이 그것을 말해 준다. 이 시의 핵심
은 '밤'과 '시인' 양자의 관계를 표현한 것이며, 마지막
연에서 '시인이 밤을 지새운다'는 것으로 미루어 볼 때,
'밤'은 단순한 자연적 시간이 아니고 우리가 살고 있는
이 암울한 시대적 정황을 상징한다고 하겠다.
　그러므로, "어둠이 점령치 못하는 등불의 영지"에서 제
목인 '등불의 영지'가 상징하는 바를 짐작할 수 있다.

'어둠이 점령치 못하는 등불'과 시인이 '별처럼 뜬눈으로 밤을 지새우는' 까닭이 서로 연관되어 있기 때문에 이 시가 독자로 하여금 단순한 자연의 서경을 읊은 작품이 아님을 깨닫게 한다. 여기 동원된 '어둠을 펴는 바람', '동굴 속 박쥐가 날고,' '살쾡이가 춤을 추는 밤'은 시대적 어둠을 상징하는 것이고, 이에 저항적인 개념의 언어들 '별들은 눈물 짓고 몸서리를 치고', 동녘이 밝아오면 '설레어 흐르는 강물처럼', 마침내 '어둠이 점령하지 못하는 등불의 영지' 곧 빛이 지배하는 세상이 될 것이라는 예언적 진술이 뒤따른다. 이같이 심각한 주제를 지닌 작품이면서도 그 표현 방법은 리드미컬한 서정적 미의식을 바탕으로 하고 있다는 점에 주목하여야 한다. 최 시인이 난해한 내용이나 심각한 주제라도 서정시 본연의 미적 감각을 잃지 않고 쉽게 표현함으로써, 독자와의 소통이 가능한 '좋은 시'가 될 수 있음을 보여준다.

이제 최 시인이 분류한 '자연 서정'의 작품을 보자.

        파란 하늘을
        가만히 우러러 보노라면
        어느 새 가슴은
        하늘물이 괴는 옹달샘이 됩니다
        새벽이슬같이 맑고
        파란 하늘물이 속에 고여 넘쳐흐르는
        다람쥐가 쪼르르 달려와 마시고
        산새들도 몇 마리씩
        날개를 파닥거리며 멱도 감는
        숲속 옹달샘 같은
        가슴은 하늘물이 괴어 넘치는
        옹달샘이 됩니다

누구나 가만히 우러르노라면
맑고 파란 하늘물이 고여 넘치는
가슴 옹달샘
영혼의 골짝을 반짝반짝
기쁨으로 쫄쫄쫄
노래하며 흘러내립니다.
　　　　-시 「가슴 옹달샘」 전문

　이 작품은 과거에 난해한 실험 시를 썼던 최 시인의 작품이라고 생각하기 어려울 정도로 친근한 시어의 구사와 함께 아름답고 자연스러운 리듬을 지니고 있어서, 누구나 감상하기 쉽다는 장점을 지니고 있다. 시어들이 좀 더 쉽게 소통하기 위하여 '파란', '가만히', '쪼르르', '반짝반짝', '쫄쫄쫄'과 같은 수식어를 사용하고 있으며, 어려운 은유나 상징보다 직유와 같이 소통이 쉬운 비유를 사용함으로써, 어린이도 감상할 수 있을 정도의 수사법을 도입하고 있다. 하지만, '파란 하늘을 바라보면 하늘물이 고여 넘치는 가슴 옹달샘이 된다'는 상징적 표현에 의해 절대적 존재인 하늘과 시인의 정서를 아름답게 결합시키고 있음을 주목해 보아야 한다. 이 작품에 의하여 최 시인이 의도하고 있는 쉽고도 좋은 자연적 서정시의 형태가 동시의 수준에 까지 이를 수 있다는 점을 알 수 있다.

기쁨의 향낭
꽃을 바라보세요.
그대 마음이 꽃 향낭처럼
아름다움과 향기로 채워질 게요.

손수 가꿔서 피워낸 꽃이라면 더욱
그 꽃송이들 모두가 방긋방긋 웃으며
날마다 기쁘고 행복하게 해줄 게요.
꽃을 길러본 사람이면 알겠지만
생명 가꾸기는 신의 일이란
속에서 들려오는 속삭임
놀라운 기쁨의 향낭
꽃을 바라보세요.

　　　　　-시 「꽃을 보세요」 전문

이 시는 '꽃'을 바라보면서 꽃이 지니고 있는 의미에 관
해 '사유'하는 서정적 자아의 능력이 엿보이는 작품이다.
우선 '꽃'을 '기쁨의 향낭'이라고 은유한 첫 구절부터 예
사롭지 않다. '꽃'을 향기 주머니인 '향낭'이라 한 기교의
수준은 높이 평가될 것이다. 특히, '기쁨의 향낭'이 말해
주듯이, '기쁨'이란 추상명사가 등장하여 '향기'라는 매우
구체적이고 감각적인 낱말을 수식함으로써, 사물의 구체
성과 추상적 관념을 결합한 복합적 수사를 이루어 감상
의 폭과 깊이를 심화시키기 때문이다.
이러한 기교가, 기쁨의 향낭인 꽃이 사람들의 마음을 아
름다움으로 채워준다는 레토릭에 이르고, '날마다 기쁨
과 행복'을 선사함으로써, 미적 존재인 꽃이(미의식이)
보람 있는 삶을 살게 한다는 것을 깨닫게 한다. 한 걸음
더 나아가 꽃을 가꾸는 일을 '생명 가꾸는 신의 일'로,
그리고 "생명 가꾸기는 신의 일이란 / 속에서 들려오는
속삭임 / 놀라운 기쁨의 향낭"이라 하여, 마침내 꽃의
의미를 '신'의 경지로 승화시키고 있다. 꽃 한 송이를 빌
어 신의 존재를 인식하는 그의 신앙 세계를 표현했다.

보이지 않는 누군가 하늘을 배경으로 커다란 산 그림
을 그리고 있다. 처음엔 거뭇한 선들을 밑그림으로
그린 위에 연두색을 아주 흐릿하게 칠하더니 하늘을
조금씩 밀어 올리면서 산봉우리 선을 점점 더 뚜렷하
고 부드럽게 하루가 다르게 칠하고 있다.

겨울 그림을 그리는 이는 새파란 솔숲도 하얗게 칠하
고 빨간 페인트칠을 한 양기와지붕도 새하얗게 칠하
더니 이 봄을 그리는 이는 밑그림 위에 밝은 연두 연
분홍으로 칠하기 시작하여 산의 알통 같은 나무들도
붕긋붕긋 조금씩 진하게 그려가고 있다.

死者들의 동네라는 용인에 살아 살면서 먼 광교산과
인근 야산들을 원근법으로 보는 내 즐거움도 물오르
는 쥐똥나무 겉껍질에 내비친 연두색으로 시작하여
산색처럼 점점 짙게 색칠되고, 누가 내 심장에서 펌
프질로 연두색 피를 온 몸에 보내고 있다.
            -시 「산 그림 구경」 전문

산문 형식의 이 작품에는 보이지 않는 누군가가 '산 그
림'을 그리는데, 겨울엔 '솔숲도 양기와지붕도 새하얗게
칠하다가' 봄에는 '밝은 연두 연분홍으로 색을 칠하기 시
작한다.' 계절 따라 색을 바꿔가며 그리는 신비스런 주
인공은 '보이지 않는 누군가'일 뿐, 확실한 존재가 아닌
신비스러운 존재라는 점을 간접적으로 강조하고 있다.
계절에 따라 산야에 그림을 그리는 신비스러운 존재를
암묵적으로 등장시키고 있는 까닭이 무엇일까?
개신교인으로서 그가 믿는 신 곧 '하나님'을 암시한다고
볼 수도 있으며, 한국인이 전통적으로 막연하게 믿어왔

던 일반적 '하느님'을 가리킨다고 할 수도 있겠다. 어느 편이든 간에 이 시가 인간 능력으로 직접 확인할 수 없는 '절대적 존재'를 떠올리게 함으로써, 인생과 자연을 지배하는 신비스런 존재를 강하게 수긍하도록 한다. 주목할 것은 이처럼 심오한 주제를 매우 평범한 어조로 표현함으로 인해서 읽는 이로 하여금 자연스럽게 신적 존재를 깨닫게 한다는 점이다. 더구나, 이 시의 서정적 자아는 '死者들의 동네'인 용인에서, 광교산과 인근의 야산들을 원근법으로 보는 즐거움을 누리고 있으며, 계절의 변환에 따라 "누가 내 심장에서 펌프질로 연두색 피를 온 몸에 보내고 있음"을 느끼며 산다고 고백한다. 어떤 논리가 아닌, 체험에 의해 신의 존재를 확실히 인식할 수 있다는 신앙인의 한 평범한 간증이라고 할 수 있다. 결국, 최 시인 자신의 신에 대한 믿음을 '자연 서정시'로 이해하기 쉽게 표현한 작품이라 하겠다.

3.

한국의 시단이 걷잡을 수 없이 혼란에 빠진 이 시대에, 참으로 어떤 시가 '좋은 시'인가, 하는 궁극적 질문에 답하기 위하여 최 진연 시인이 이번 서정시집을 펴낸 것이라고 판단한다. 한편에서는 대다수의 시인들이 손쉽게 창작한 평범한 작품들이 양산되는 현실에서 최 시인이 바라는 '좋은 서정시'를 창작한다는 것은 쉬운 일이 아니다. 또 다른 한 편에서는 끝없는 실험에 의해 현대시의 수준이 도저한 경지에까지 이르러 되돌릴 수 없게 난해해진 것이 부정할 수 없는 현실이고 보니 더욱 그렇다. 시단의 형편이 이처럼 양 극단으로 치우치고 있어서 이를 해결할 수 있는 길을 시어의 기능(음악성, 회화성,

사상성)을 조화롭게 잘 살려, 소통이 가능하면서도 가볍지 않은 '참된 서정시'를 창작하는 것이 그 방법이라고 최 시인은 제안한다.

그 구체적 방법으로 이 시집에서는 '자연 서정', '추상 서정', '생활 서정'의 세 가지 새로운 서정시의 영역을 제시하고 있다. 필자는 본고에서 최 시인의 '실험 시' 창작 경험을 소통이 가능하도록 변형하여 작품에 반영한 정도에 따라 '추상 서정', '생활 서정', '자연 서정' 순으로 살펴보았다. 비록 영역이 세 부류로 구분되었음에도 불구하고, 결과적으로 정도의 차이는 있지만 세 영역에서 모두 최 시인이 체험한 실험 시적 창작 기법이 두루 원용되고 있음을 발견할 수 있었다. 결국, '좋은 시'란 감상하기 쉬우면서도 기법이나 내용이 가볍지 않은 서정시가 그 해답이라는 최 진연 시인의 견해를 확인할 수 있었다. 시단의 양 극단에서 변증법적 입장을 취한 것으로 해석할 수 있으며, 진정으로 '좋은 시'를 찾고자 좋은 작품으로 제시한 최 진연 시인의 탁월한 노력이 우리 시단에 많은 도움이 되리라 믿는다.

| 최 진연 시인 목사의 저서 |

제1시집
『龍浦湖 —泡』
41편 1977

제2시집
『환상집』
66편 1983

제3시집
『이 가을에도』
66편 1989

제4시집
『송파구 잠실동』
66편 1994

제5시집
『풀꽃들의 누설』
85편 1999

제6시집
『사랑이 찾아온
뒤에야』
79편 2003

제7시집
『렌즈 속의 풍경』
79편 2006

제8시집
『눈빛 반짝이며 사랑
하기에도』
75편 2009

제9시집
『별을 만든 시인과
아이스크림』
80편 2009

제10시집
『하나님 할아버지와
환상여행』
86편 2011

제11시집
『내 사랑 뮤즈에게』
80편 2012

제12시집
『사랑의 설화집』
78편 2013

제13시집
『선유도 산책』
77편 2014

제14시집
『반디, 초롱별에게』
75편 2015

제15시집
『수난의 긴 그림자』
81편 2017

제1영시
『Autumn Draper』

제1에세이집
『길을 묻는 영혼들을
위하여』
55편 2004

제2에세이집
『예수께서 말씀하시
는 3차대전...』
(공저) 2006

제3에세이집
『지하철에서 일어난
일들』
33편 2010

제4에세이집
『죽음보다 강한
사랑』
40편 2014

제1문학평론집
『상상력과 시,
환상시와 허구시』
2014

장편서사시
『동아시아 평화를 위한
노래』
2018

제16시집
『의사도 메스도 없는
병원』
2018

최 진연의 제 17 시집

최 진연 서정시집
Choi's Lyric Poetry

지은이 ☞최 진연
발행인 ☞김 순종
초판 1쇄 ☞2019. 06. 20
초판발행 ☞2019. 06. 15
발행처 ☞🔲 좋은글배달부

연락처 ☞☎070-8818-1007, 010-4092-6141
Email Add. poetchoi@naver.com
16910 경기도 용인시 기흥구
마북로 124-9, 106-1202

ISBN 978-89-97209-00-2

정가는 바코드 상단에 있습니다.